Verband deutscher Schriftstellerinnen und Schriftsteller Ostbayern (Hg.)

Schauriges Ostbayern

Verband deutscher Schriftstellerinnen und Schriftsteller Ostbayern (Hg.)

SCHAURIGES OSTBAYERN

Unheimliche Ereignisse und geheimnisvolle Geschichten

mit Fotos von
Michael Cizek, Rupert Klein, Michael Koob,
Corinna Meister, und Siegfried Schüller

SüdOst Verlag

Bibliografische Information der Deutschen Nationalbibliothek

Die Deutsche Nationalbibliothek verzeichnet diese Publikation in der Deutschen Nationalbibliografie; detaillierte bibliografische Daten sind im Internet über http://dnb.dnb.de abrufbar.
ISBN 978-3-86646-761-3

1. Auflage 2016
ISBN 978-3-86646-761-3

www.gietl-verlag.de

Titelbild: hitdelight, fotolia.com

Inhalt

Vorwort

Geistergeschichten und Schauerromane haben eine lange Tradition. Diese literarische Gattung entstand als Reaktion auf die starke Betonung der Vernunft in der Epoche der Aufklärung und hatte ihren Höhepunkt in der Romantik.

Bereits Schiller (Der Geisterseher, 1787/89), Goethe (Faust 1808/1832), E.T.A. Hoffmann (Die Elixiere des Teufels, 1815/16), Wilhelm Hauff (Das Wirtshaus im Spessart, 1827), Gustav Meyrink (Der Golem, 1915) und viele mehr befassten sich mit Motiven dieses Genres. Auch im Ausland blühte es im 19. Jahrhundert auf mit den Romanen und Erzählungen von Mary Shelley (Frankenstein, 1818), Edgar Allan Poe (Die Maske des roten Todes, 1842), Emiliy Brontë (Sturmhöhe, 1847/1851), Oscar Wilde (Das Gespenst von Canterville, 1887) und Bram Stoker (Dracula, 1897).

Die Faszination des Verstörenden und Traumhaften setzt sich bis in unsere Tage fort. So fügt beispielsweise Stephen King (Shining, 1977) seinen Romanen Horrorelemente hinzu und treibt seine Protagonisten in körperlich-seelische Grenzerfahrungen.

In den Gespenster-, Grusel- und Schauergeschichten werden oftmals die Gesetze der realen Welt außer Kraft gesetzt, so dass sich dabei Parallel-, Anders- und Zwischenwelten auftun. Dabei kann man verschiedene Typen unterscheiden: Zum einen muss ein Gespenst für begangene Untaten büßen und ewig herumgeistern. Zum anderen können allerdings übernatürliche Erscheinungen auch einer seelischen Erkrankung entspringen bzw. das Einbrechen des Übernatürlichen eine solche auslösen. Zum dritten drücken Erscheinungen/Verwandlungen ambivalente Gefühle/Handlungen symbolisch aus, die in manchen Menschen schlummern, und zum vierten gibt es noch die humorvolle Variante, in der das Gespenst/die Erscheinung nicht Angst und Schrecken hervorruft, sondern verspottet wird.

Zumeist jedoch jagt uns das Gruseln beim Lesen geheimnisvoller Geschichten wohlige Schauer über den Rücken, lässt uns Eintauchen in eine Welt des Außergewöhnlichen und Unbewussten.

In diesem Buch laden dreizehn schaurige Geschichten in den Kosmos der übernatürlichen Wesen und unerklärlichen Ereignisse ein. Da regt sich Unheimliches in Parkanlagen und Villen. Geister bevölkern Brücken und Tiefgaragen. Kapuzenmänner, Bettelmönche und Werwölfe treten auf und zeigen ihr wahres Gesicht. Tote kehren wieder und Ausgräber fallen in ein Zeitloch. Gruselige Wesen quälen Schäfer, Finanzbeamte, Versicherungsverkäufer und Studenten. Nirgends kann man sich sicher fühlen, denn losgelassen sind Hexen, Teufel und andere höllische Gestalten.

Vorsicht! Gar schaurig geht's zu in ostbayerischen Orten, wie Regensburg, Straubing, Cham, Niederalteich, Sulzbach-Rosenberg, Donaustauf, beim Überqueren der Donau zwischen Wörth und Pfatter, in der Landshuter Gegend, im Altmühltal sowie im Kallmünzer Gebiet zwischen Vils und Naab.

Regensburg, im Frühling 2016
Marita A. Panzer

Bettina Auer

Ein Stück Erinnerung

Foto: Corinna Meister

Weißer Nebeldunst, der an feine Spinnenfäden erinnerte, hüllte die Brücke ein, die sich über der ruhig fließenden Donau spannte und den einzigen Weg zwischen den kleinen Dörfchen Wörth und Pfatter darstellte.

Das Pferd schnaubte nervös und scharrte mit den Hufen. Es begann, unruhig auf der Stelle hin und her zu trippeln, und der Reiter hatte Mühe, es ruhig zu halten.

„Beruhige dich, Tommy", redete Jonathan dem weißen Hengst gut zu und klopfte ihm beruhigend auf den Hals. „Das ist doch nur ein wenig Nebel."

Das Pferd aber ließ sich von diesen Worten nur widerwillig beruhigen. Es besaß ein feineres Gespür als sein menschlicher Freund. Tommy roch es durch das feuchte Nass des Nebels hindurch: Feuer.

„Na los, alter Knabe! Ich will nach Hause!"

Sein Ton wurde nun drängender, denn bis nach Hause war es nicht mehr weit. Seit drei Wochen war er nicht mehr auf seinem Hof in Pfatter gewesen. Der Botengang hatte mehr Zeit beansprucht als geplant und von den kleinen Widrigkeiten, die ihm unterwegs passiert waren, wollte er gar nicht erst anfangen.

Seine Kleidung, die schon ganz klamm vom Nebel war, klebte ihm am Körper, und er zitterte, denn die Nachtluft, die im Herbst herrschte, war bereits recht kühl.

Er stellte sich vor, wie er auf dem Esstisch in der Küche seines Hauses saß, das Feuer im Kamin brannte und seine Frau gerade den Kleinen ins

Bett brachte. Er lächelte und erneut redete er seinem treuen Gefährten gut zu, endlich einen Huf auf die Brücke zu setzen.

Tommy schnaubte, warf den Kopf leicht zurück und tat schließlich das, was Jonathan von ihm verlangte: weiterzulaufen. Doch das Pferd war vorsichtig. Im Schritt setzte es sich in Bewegung. Die eisernen Hufe klapperten auf dem Stein der Donaubrücke.

Jonathan begann, eine fröhliche Melodie zu summen, und als sie die Mitte der Brücke erreicht hatten, wo eine steinerne Figur stand, die er mit einem Kopfnicken begrüßte, blieb Tommy abrupt stehen. Jonathan erschrak darüber so, dass er hart mit dem Brustkorb gegen den Hals des Pferdes stieß und ihm die Luft aus den Lungen gepresst wurde.

„He, was soll das!", schimpfte er den Schimmel, der nur schnaubte und den Schwanz wild hin und her warf.

„Sag mal, willst du hier Wurzeln schlagen?", fragte er das Pferd, als er sich wieder unter Kontrolle hatte, und beugte sich zum Kopf des Hengstes vor. In den schwarzen Augen Tommys sah er Angst – eine Angst, die er noch nie in dem Ausmaß wahrgenommen hatte.

Er seufzte und stieg aus dem Sattel.

„Na, dann führe ich uns eben heim", sagte Jonathan mürrisch und nahm das Pferd an den Zügeln, doch Tommy blieb stocksteif stehen und bewegte sich keinen Millimeter.

„Herrgott nochmal! Du bist sturer als ein Esel! Stell dich nicht so an, das ist doch nur Nebel!", fluchte er jetzt, denn langsam riss ihm der Geduldsfaden. Tommy aber ließ diese Worte an sich abprallen und dachte gar nicht daran, sich zu bewegen. Die Angst hatte ihn vollkommen übermannt und er verstand nicht, wieso sein Gefährte es nicht auch spürte. Die Luft roch nach Feuer.

Frustriert ließ der junge Mann die Zügel los, verschränkte die Arme vor der Brust und starrte Tommy an.

„So, und was machen wir beide jetzt? Ich will nach Hause, aber ich kann dich hier nicht so einfach stehen lassen. Mhm ... weißt du was? Ich gehe jetzt einfach mal ein paar Schritte vor, schaue, was dich so verunsichert, und dann komme ich wieder. Du bist mir schon ein tolles Pferd; Angst vor dem Nebel."

Er lachte kehlig und schüttelte den Kopf. Dann drehte er sich um und setzte sich in Bewegung. Doch er kam nicht weit. Das Pferd wieherte lauthals, Jonathan zuckte zusammen, drehte sich blitzschnell um, und seine Augen weiteten sich.

„Es ist immer wieder erstaunlich zu sehen, dass die Pferde schlauer als ihre Herren sind."

Jonathan glotzte die kleine Gestalt an, die zwischen den Beinen des Schimmels stand. Die Gestalt war so groß wie ein mittelgroßer Hund und sah auch so aus wie ein Hund, aber es war kein Hund – eindeutig konnte es keiner sein.

Dort, wo sein Fell sein sollte, war nichts als nackte Haut, und goldrote Flammen tanzten über seinen Körper. Die Augen waren tiefschwarz, und die Gestalt wirkte belustigt. Das hundeähnliche Geschöpf saß auf den Hinterpfoten und fixierte den Reiter.

Das Pferd war starr vor Angst.

„Na? Noch nie einen Geist gesehen? Glaube mir, du bist nicht der Erste, der mich so dämlich anguckt!", sagte das Wesen vergnügt und setzte sich in Bewegung. Es ging in die Richtung des Reiters und blieb einige Schritte vor ihm stehen.

„Hast du auch einen Namen?", fragte der Geist weiter, in einem Tonfall, als wäre es ganz normal, ein übernatürliches Wesen vor sich zu haben.

„Ähm ...", war das Einzige, was Jonathan hervorbrachte. In seinen grünen Augen sah man deutlich, dass er zwischen Verwirrtheit und dem Wissen, vielleicht verrückt zu sein, schwankte.

„Ähm? Komische Namen habt ihr Menschen aber. Der Letzte nannte sich Urgh. Naja, was soll's? Ich bin übrigens ... Will. Ja, nicht gerade spektakulär, aber besser als deiner. Also ...", der Geisterhund – Will – legte den Kopf schief und schien nachzudenken. „Ach ja, genau! Den Wegzoll bitte."

„Weg ... Wegzoll?", der junge Mann war sichtlich irritiert. Wollte dieses Etwas ihn etwa aufziehen?

„Ja, Wegzoll! Kennst du das nicht? Da fordert der Besitzer des jeweiligen Objektes Geld für dessen Benutzung ein“, erklärte Will und er schien sichtlich stolz darauf zu sein, es zu wissen.

„Ich weiß, was ein Wegzoll ist!“, schrie Jonathan den Geist nun an, doch der wirkte unbeeindruckt. Sein Flammenschwanz wedelte hin und her.

„So, was ist jetzt? Du kommst erst rüber, wenn du mir was gibst. Dein Pferd übrigens hat das bereits kapiert.“

Jonathan holte tief Luft und schloss die Augen. Er zweifelte in diesem Moment wahrlich an seinem Verstand. Er stand hier, auf der Brücke auf dem Weg nach Hause, und wurde von einem in Flammen stehenden Geisterhund aufgehalten, um Wegzoll zu zahlen!

Ja, er war eindeutig verrückt geworden. Was würde seine Frau wohl dazu sagen, wenn er ihr von diesem Hirngespinst erzählte?

„Na?“

Der Geisterhund war nah an ihn herangetreten und sah ihn aus dunklen Augen an.

„Ich werde dir sicherlich keinen Wegzoll geben, du Dämon!“, keifte Jonathan Will an. Der Geisterhund schien sichtlich überrascht über diese Reaktion.

„Wie meinen?“, war das Einzige, was der Hund darauf sagte, und er sah ihm hinterher, als Jonathan auf sein Pferd zuging und es an den Zügeln packte. Tommy jedoch hielt mit aller Kraft dagegen.

„Jetzt komm endlich! Das sind alles Hirngespinste, Tommy. Also komm jetzt!“

Doch Tommys natürliche Instinkte ließen ihn nicht im Stich. Er blieb stur stehen.

„Tommy!“, zischte Jonathan sein Pferd an, doch der legte nur die Ohren zurück. Seine Beine begannen zu zittern, denn lange konnte er gegen die Kraft seines Reiters nicht mehr ankommen.

Will seufzte, es hörte sich zumindest wie ein Seufzen an.

„Ach, schade.“

„Was ist schade?“, fragte der Bursche genervt und versuchte mit aller Kraft, sein Pferd zum Weitergehen zu bewegen.

„Er wird sich keinen Zentimeter rühren, mein Freund. Erst der Wegzoll – dann geht der Gaul weiter“, kam es gelangweilt von dem Feuergeist.

„Halt endlich deinen Mund!“, schrie Jonathan ihn zornig an. „Verschwinde!“

Will legte den Kopf leicht schief.

„Na gut. Dann eben anders.“

Heiße, lodernde Flammen schossen aus dem Boden hervor und schlossen sich wie ein Kreis um Pferd und Reiter.

„Ich muss wohl leider etwas deutlicher werden. Wenn du mir nicht sofort einen Wegzoll entrichtest, dann lasse ich dich nicht hinüber“, sagte der Feuergeist mit kalter, klarer Stimme.

„Ich habe aber kein Geld!“, rief Jonathan und versuchte Tommy zu beruhigend. Der Hengst tänzelte unruhig hin und her und er hatte Mühe, ihn zu halten.

„Wer sagt denn, dass ich Geld will? Ich bin ein Geist, was soll ich denn mit Geld?“, fragte Will spitz, sprang mit einem galanten Satz durch den Feuerring und stellte sich vor dem jungen Mann auf.

„Ich möchte eine Erinnerung von dir.“

„Was?!“

„Ja, eine einfache, kleine Erinnerung, die ich mir selbst aussuchen darf.“

„Was ... was willst du mit einer Erinnerung?“, fragte Jonathan und ihm wurde heiß zumute. Nicht nur wegen der Flammen schoss ihm der Schweiß aus den Poren. Angst und Verzweiflung mischten sich darunter.

„Ich sehe mir gerne eure Erinnerungen an, Mensch. Uns Geistern ist es leider verwehrt, eigene Erinnerungen über längere Zeit zu behalten. Wir vergessen schnell, wer wir waren, wenn wir einmal zu Geistern geworden sind, und Erinnerungen von Menschen geben uns so etwas wie ... ein Stück Leben zurück.“

„Du willst also nur eine Erinnerung; egal welche?“, hakte Jonathan nach und der Geisterhund setzte sich auf seine Hinterbeine und nickte andächtig.

„Ja, das ist alles, was ich will. Nur eine einfache, kleine Erinnerung – und ich suche sie mir aus."

Jonathan überlegte. Eine Erinnerung dafür, dass er endlich die Brücke überqueren durfte. Er fand, das war ein guter Tausch.

Jonathan nickte. „Gut, in Ordnung."

Der Feuerhund schrie vor Freude laut auf und dabei schossen die Flammen des Kreises in die Höhe und verpufften mit einem Mal.

„Oh, sehr schön! Dann komm her, mein Freund, knie dich hin und schließ die Augen!"

Jonathan schluckte schwer und kam der Bitte nach. Er kniete sich vor dem Feuerhund hin und beugte sein Haupt.

Wenn Will Hände gehabt hätte, hätte er sicherlich vor Freude laut geklatscht. Jonathan atmete tief aus und schloss die Augen.

Der Feuerhund machte ein nachdenkliches Geräusch. Dann spürte der junge Mann, wie der Geist eine seiner Pfoten auf sein Haupt legte. Jonathan hatte gefürchtet, das Feuer würde ihn verbrennen, doch es geschah nichts. Er spürte nur eine wohlige Wärme auf seiner Stirn.

Dann durchzuckte ihn großer Schmerz. Wie ein Blitz schlug er in seinen Kopf ein und lähmte seinen ganzen Körper.

Der Hengst schnaubte nervös, doch er wagte sich nicht an seinen Herrn heran.

„Gleich ist es vorbei", redete Will, und Jonathan hörte ein grausames Lachen. Alles um ihn herum begann sich zu drehen, Übelkeit machte sich in ihm breit, und dann bemerkte er, wie er zu Boden fiel.

„Ich danke dir!", rief der Geisterhund zum Abschied, dann wurde alles schwarz um Jonathan herum.

*

„Hey, Bursche!"

Sanft wurde er an der Schulter gerüttelt und stöhnend öffnete der junge Mann die Augen.

„Na, Bursche? Bist eingeschlafen, ne?", fragte ihn der Mann, der über ihm kniete und ihn neugierig ansah.

„Ja ... Nein ... ich, ich weiß es nicht mehr“, stotterte Jonathan und fasste sich an den Kopf. Er schmerzte höllisch, und irgendwie hatte er das Gefühl, dass etwas fehlte.

Nur wusste er nicht was.

„Hier, dein Pferd. Ich habe es gefunden. Mann, du machst vielleicht Sachen“, redete der Fremde einfach weiter und half Jonathan wieder auf die Beine. Erst jetzt sah er, dass es sich bei dem Mann um einen Bauern handelte, der einen Ochsenkarren dabei hatte.

„Hast zu viel gesoffen, was?“, fragte der Bauer und lachte laut, als er ihm auf die Schulterblätter schlug. Jonathan raubte der heftige Schlag kurz den Atem.

„Kann gut möglich sein“, erwiderte Jonathan nur trocken und zu den Kopfschmerzen gesellte sich nun auch sein schmerzender Rücken.

„Wolltest du ins Dorf?“, fragte der Bauer, und Jonathan nickte.

„Ja, das wollte ich“, murmelte er und runzelte die Stirn. Ja, er wollte dorthin, aber er wusste nicht, wieso er es so eilig gehabt hatte.

„Na, dann komm, Bursche. Du kannst auf meinem Karren mitfahren und dein Pferd nehme ich“, sprach der Bauer und Jonathan nahm das Angebot dankbar an. Er setzte sich auf den Kutschbock und rieb sich die Augen.

Was war nur los mit ihm? Er wusste nur noch, dass er so dringend nach Pfatter, nach Hause, wollte, aber warum, war ihm entfallen. Vor allem, wieso war er des Nachts unterwegs gewesen?

Das Gefährt setzte sich holpernd in Bewegung, und der Bauer überließ Jonathan seinen Gedanken.

Auf dem Marktplatz angekommen, bedankte sich Jonathan herzlich bei dem Bauern. Er nahm sein Pferd und tat erst einmal nichts anderes, als die Umgebung zu betrachten. Alles kam ihm bekannt vor. Der Brunnen, die Kirche, die Bäckerei ... Ein stechender Schmerz zuckte in seinem Kopf auf. Tommy schnaubte und rieb seinen Kopf an Jonathans Schulter.

Dann setzte sich das Pferd wie von selbst in Bewegung, in Richtung des Hofes, der Jonathan gehörte. Der Weg führte in die Gasse hinein, die sich zwischen dem Wirtshaus und dem prachtvollen Haus des Geldwechslers befand. Zu seinem Hof war es nicht weit, und nach ein paar Gehminuten und zwei Abbiegungen nach rechts befand er sich in seinem Zuhause.

Wie von selbst schritt der Hengst in einen aus Holz umzäunten Hof ein und Jonathan folgte ihm verwirrt. Irgendetwas stimmte nicht. Er kannte den Hof, er kannte das Haus, das dort stand, die kleine Stallung, die Scheune und ... nein, die Frau, die gerade mit einem Knecht schimpfte, kannte er nicht.

Sie hatte langes, weizenblondes Haar und trug ein einfaches Kleid aus Leinen.

„Ich habe dir schon hundertmal gesagt, dass du zuerst die Kühe melken und dich danach um die Hühner kümmern sollst! Herrgott nochmal, ist das so schwer zu verstehen!“, schrie die Frau, und Jonathan hatte das Gefühl, dass die Szene ihm bekannt vorkam, doch mit Sicherheit konnte er es nicht sagen.

Der Knecht stammelte etwas, dann verschwand er in der Scheune. Die Frau schnaubte und stemmte die Hände in die Hüften.

„Alles muss man selber machen“, zeterte sie und dann drehte sie sich um. Sie starrte zuerst das Pferd, dann Jonathan an, der wohl einen hilflosen Eindruck auf sie machte.

„Jonathan!“, rief sie voller Freude, rannte auf ihn zu und umarmte ihn stürmisch. Jonathan erwiderte die Umarmung nicht, er war viel zu verwirrt, um zu verstehen, was hier geschah.

„Da bist du ja endlich! Ich habe dich vermisst“, sagte sie und hauchte ihm einen Kuss auf die Wange. Jonathans Augen weiteten sich. Was dachte sich diese fremde Frau dabei?

Er drückte sie an den Schultern weg und blickte sie finster an.

„Was tut Ihr hier auf meinem Hof?“, fragte er sie barsch, denn mit einem Mal war ihm eingefallen, dass dieses Haus und der Grund ihm gehörten. Die Frau sah ihn aus haselnussbraunen Augen verständnislos an.

„Jonathan! Wie redest du mit mir?! Ich bin deine Frau, verdammt.“ Sie trat vor ihm zurück und in ihre Augen traten Tränen.

„Frau? Ich habe keine Frau!“, hielt Jonathan dagegen. Eine Frau? Als er davongeritten war, hatte er noch keine gehabt.

„Jonathan!“, schrie sie ihn an. Die Frau zitterte am ganzen Leib. „Was ist los mit dir?“, fragte sie mit erstickter Stimme.

Jonathan wollte antworten, ihr sagen, dass sie endlich verschwinden solle, doch dann sah er ein Kind, einen kleinen Jungen, kaum drei Jahre alt. Er lief über den Hof auf Jonathan zu und rief: „Vater!“

Jonathan erstarrte. Hatte der Junge ihn gerade Vater genannt?

Der Junge wollte sich von ihm hochheben lassen, doch Jonathan sah das Kind abweisend an.

„Wem gehört der Knabe?“, wollte er von der Frau wissen und die brach nun endgültig in Tränen aus.

„Jonathan! Das ist dein Sohn – unser – Sohn, Hendrik. Ich ... Jonathan, was ist nur los mit dir?“ Die Frau wollte auf ihn zugehen, doch Jonathan wich vor ihr zurück.

„Nehmt das Kind und verschwindet. Ich glaube Euch kein Wort; ich kenne euch beide nicht.“

Die Frau biss sich auf die bebende Unterlippe. Tränen rannen ihr in Strömen übers Gesicht.

„Jonathan ...“, versuchte sie es erneut, doch der junge Mann ging, ohne sie nochmals anzusehen, an ihr vorbei.

„Verschwindet, habe ich gesagt!“

Die Frau nahm den kleinen Jungen bei der Hand, der die Welt nicht mehr verstand. Er sah seinen Vater mit großen Augen an und fragte leise: „Was ist denn mit Vater los, Mutter?“

Die Frau schluchzte. „Nichts, mein Schatz. Vater ist nur schlecht gelaunt. Komm, besuchen wir deine Tante“, sagte sie zu Hendrik und verließ mit schnellen Schritten den Hof.

Jonathan betrat das Innere des Hauses und ließ sich in der Küche auf der Eckbank nieder. Er seufzte tief und wies eine Magd, die gerade den Boden fegte an, ihm einen Krug Bier zu bringen. Sie nickte und verschwand in den Keller, um das Bier aus dem Fass zu holen.

Jonathan schüttelte den Kopf. Diese Frau! Wie hatte sie sich nur erdreisten können, sich in seiner Abwesenheit auf seinem Hof einzunisten!

„Ist die Herrin unterwegs?“, fragte die Magd vorsichtig, als sie den Krug Bier auf den Tisch stellte. Jonathan sah sie strafend an. „Du hast keine Herrin!“

Die Magd zuckte merklich zusammen, dann verließ sie kopfschüttelnd die Küche, um dem Knecht draußen in der Scheune zu helfen.

Jonathan seufzte tief und schloss die Augen. Er lehnte sich erschöpft auf der Bank zurück, als ihn plötzlich etwas in den Rücken bohrte. Jonathan fasste nach hinten und zog ein kleines Holzpferd hervor. Er runzelte die Stirn. Es kam ihm bekannt vor. Ja! Er erinnerte sich an den Winter vor zwei Jahren, als er es geschnitzt hatte für ... ja, für wen denn?

Jonathan stellte das Holzpferd auf dem Tisch ab und betrachtete es eingehend. Die rote Farbe des Sattels war schon abgeblättert und der Schweif war unten abgebrochen.

Heftiger Schmerz durchzuckte seine Gedanken. Ein Hund tauchte in seinem Kopf auf, in Feuer gebadet, der sprach: „Ja, eine einfache, kleine Erinnerung, die ich mir selbst aussuchen darf.“

Jonathan hatte das Gefühl, als würde ihm jemand mit einem dünnen Draht den Hals abschnüren.

Erinnerung ...

Die Frau und das Kind!

Plötzlich fiel ihm alles wieder ein. Will, der Feuergeist auf der Donaubrücke, hatte ihm eine Erinnerung genommen – und nicht eine beliebige; er hatte ihm die Erinnerung an seine Familie genommen!

Jonathan sprang auf, nahm das Holzpferd und rannte aus der Küche über den Hof auf die Straße.

Er musste seine Frau und seinen Sohn schnell wieder heimholen.

Wolf Hamm

Der Kapuzenmann
Ein Gespinst

Foto: Michael Cizek

Theobald:	*Da – auch die Seeschlange soll in den indischen Gewässern wieder aufgetaucht sein!*
Luise:	*Grundgütiger, kann man das glauben.*
Theobald:	*Der Kurier meldet es.*

Carl Sternheim: Die Hose; I Akt, 1. Szene 1

Von Krämpfen geschüttelt sank Joseph Müller zu Boden. Der Hypothekenfachmann der Straubinger Vertrauensbank (SVB) lag zehn Minuten lang wie tot auf dem Teppich unter seinem Schreibtisch. Nachdem er das Bewusstsein wiedererlangt hatte, wankte er zum Sofa, auf dem er über das Geschehene nachdachte.

Was hatte er getan, bevor er ohnmächtig geworden war? Zeitung hatte er gelesen. Die Tigers hatten 3:3 gegen die Eisbären Berlin gespielt, das Grab der Agnes Bernauer soll nun endlich gefunden worden sein und – bei dieser Erinnerung musste er darum kämpfen, nicht wieder ohnmächtig zu werden – in einer indischen Stadt seien über zweihundert Frauen beim Einsturz eines Textilfabrikgebäudes umgekommen, berichtete die Zeitung. Eine Explosion habe den Einsturz verursacht. Ein Mann in weißer Kleidung mit einer Kapuze habe einen Gegenstand in den Eingangsbereich des Gebäudes geworfen. Daraufhin sei alles in die Luft geflogen. Der Verdächtige sei von der Polizei festgenommen worden, habe sich aber wie ein Geist verflüchtigt. Zeugen hätten dafür einen anderen Mann mit einem weißen Umhang, allerdings ohne Kapuze, des Verbrechens beschuldigt, obwohl er erst zehn Minuten nach der Katastrophe gekommen sein soll. Die wütende Menge habe ihn zu Tode geprügelt. Fröstelnd lag Müller auf dem Sofa. Die

Augen fixierten die Decke, als könnten sie damit eine erneute Ohnmacht verhindern.

Das Zwölfuhrläuten der Jakobskirche brachte ihn in die Wirklichkeit zurück. Konnte er, der coole Banker, einen Schwächeanfall gehabt haben?

„Du musst Hunger haben. Heute früh hast du nur Kaffee getrunken. Kein Wunder, dass du zusammenbrichst."

Beim „Seethaler", dem bayerischen Edelgasthof, bestellte er einen Avocado-Salat und Stilles Wasser. Entgegen jeder Gewohnheit aß er noch einen Apfelstrudel mit Vanillesoße. „Man gönnt sich ja sonst nichts." Der Rest des Tages gelang wunderbar; Müller arbeitete („Endlich!") zwei schwierige Fälle ab. Als er abends nach Hause gehen wollte, fiel sein Blick auf die Zeitung mit der erschütternden Nachricht aus Indien. Wieder spürte er, wie sich sein Körper schmerzhaft gegen das Denken an den Massenmörder und sein kapuzenloses Ersatzopfer wehrte.

Als er in seinem Häuschen ankam, hatte er alles vergessen. Fröhlich plauderten die Frau Sonja, der sechzehnjährige Sohn Drago, die vierzehnjährige Tochter Ordine und Joseph beim Abendessen über den nächsten Urlaub. Angeregt diskutierten sie die Vorteile und Nachteile von Meeresurlaub oder Bergwandern.

Sein Bericht über die Ohnmacht, die sich wieder in sein Gedächtnis geschlichen hatte, rief nur bei Sonja Besorgnis hervor, die Kinder hatten gar nicht zugehört.

*

An einem Sonntag ein paar Wochen später war es Joseph gelungen, vier Karten für das Pokalspiel des 1. FC Bayern gegen den TSV Straubing zu bekommen.

Zehn Minuten vor der Halbzeit, es stand 4:1 für die Bayern, schrie jemand über die Lautsprecher: „Feuer, Feuer!" In wahnsinniger Angst drängten die Müllers mit Tausenden anderer schiebender und stoßender Fußballbegeisterter dem Ausgang zu. Joseph erstarrte und glotzte zur Sprechertribüne hinüber.

„Er ist es, er ist es“, flüsterte er und sank zu Boden. Um Hilfe schreiend zog die Restfamilie den Ohnmächtigen an eine geschützte Stelle.

Die Menge stürmte an ihnen vorbei. Ordine sah einen Sanitäter.

„Hierher, hierher!“, schrie sie ihm zu. Der zögerte, wollte er sich doch lieber in Sicherheit bringen, als zu helfen. Ein Blick auf das prall gefüllte T-Shirt der Ruferin wandelte Todesangst in sexuelle Erregung. Routiniert untersuchte er den Vater. Dieser erwachte aus der Ohnmacht: „Ich habe ihn gesehen! Er war da!“ Er habe eine weiße Gestalt mit Kapuze gesehen. Sie sei aus der Kabine des Stadionsprechers gelaufen. „So eine wie in Indien.“

Ein Polizist, der auf den Tumult aufmerksam geworden war, fertigte ein Protokoll der seltsamen Aussage an. Der Sanitäter, der sich mit „Rolf“ vorgestellt hatte, rief einen Krankenwagen, der Joseph Müller in die Notaufnahme zum Klinikum St. Elisabeth fuhr, wo er eine Nacht zur Beobachtung verbrachte.

Er gehörte zu den siebenundachtzig Verletzten dieser Katastrophe. Fünf Tote waren zu beklagen.

Am nächsten Tag, nach der Entlassung aus dem Krankenhaus, lag der Karrierebanker zu Hause herum und sagte nichts. Manchmal setzte er sich an seinen Schreibtisch, um Kapuzenmännchen aufs Papier zu zeichnen. Ein Polizist kam am Abend vorbei und fragte genauer nach „dieser weißen Gestalt“, schaute aber sehr skeptisch drein, weil Joseph immer wieder von Indien erzählte. Jedenfalls, so informierte der Polizist die Familie Müller, habe niemand sonst eine so beschriebene weiße Gestalt gesehen. Der Stadionsprecher habe ausgesagt, er sei hinterrücks niedergeschlagen worden. Der Täter müsse dann „Feuer“ in die Mikrofone geschrien haben und anschließend verschwunden sein.

*

Froh war Joseph Müller, nach all der Aufregung wieder im Büro zu sein. Der Vorfall hatte ganz Straubing beunruhigt. Aber drei Wochen nach der Beerdigung der Toten sprachen die Straubinger lieber über den Sexskandal in der X-Schule, den Ladendiebstahl der Faschingskönigin oder den Überfall auf die „Hex vom Spitzwegeck", die durch ihre Schönheit manche Ehe ins Wanken gebracht hatte.

Müller brachte einige lukrative Projekte unter Dach und Fach. In den Büros der SVB sprach man offen darüber, dass er am ersten September zum Nachfolger des scheidenden Chefs avancieren würde, obwohl er mit seinen fünfundvierzig Jahren sehr jung dafür sei.

Im Überschwang seines Erfolgs plante der Banker den Kauf eines größeren Grundstücks mit einem Haus im Toskana-Stil. „Unser Siedlungshaus wird doch allmählich zu klein."

Ende August, in Erwartung der Bekanntgabe seiner Ernennung, durchzuckte es Müller wie ein Blitz. Gegenüber von seinem Büro sah er eine weiße Gestalt, in einen weiten Mantel mit Kapuze gehüllt, am Modehaus Hafner vorüberhuschen. Die Erscheinung kramte etwas aus ihrem Umhang und – warf ein Päckchen in den Eingangsbereich des Geschäfts. „Wie in Indien!", durchzuckte es ihn. Er warf sich auf den Boden und wartete auf den Knall.

„Hast du dir wehgetan?", fragte sein Kollege vom Nachbarbüro für Privatkredite und Privatinsolvenzen, „oder suchst du dein Glück auf dem Fußboden? Übrigens predigt heute Abend Pater Epiphanias in der Karmelitenkirche. Der berühmte Autor von ‚Die Verzauberung der Welt durch Jesus Christus'. Ein Zisterzienser, ein weißer Mönch. Ich gehe hin."

Dem verlegenen Antwortgestammel von Müller konnte der Kollege nichts entnehmen und verschwand kommentarlos.

Der Gedanke, die weiße Gestalt vor dem Modehaus hätte ja dieser Pater sein können, beruhigte Müller. Musste auch mal spazieren gehen. Wollte sich die Stadt ansehen. Außerdem war ja nichts passiert!

Ganz erleichtert setzte er sich wieder an seinen Schreibtisch. Warum reagierte er so auf die Person in dem weißen Kapuzenumhang? Hatte er in der Vergangenheit ein schlimmes Erlebnis gehabt, bei dem diese Kleidung eine Rolle spielte? Oder war es ein Zeichen für Überarbeitung? Er ärgerte sich über seine Panik und stürzte sich in die Arbeit.

*

Zwei Tage danach beobachtete er, wie sich eine weiße Gestalt aus seinem Büro schlich.

„He, Sie da!"

Die Gestalt lachte und im nächsten Moment war sie verschwunden. Müller und seine Kollegen setzten dem Flüchtenden nach und hetzten ihn durch das ganze Stockwerk. Dann der erlösende Ruf: „Müller hat ihn!"

Der kleine, dickliche Gefangene hatte in seiner Tasche drei Handys von Sekretärinnen, den Geldbeutel des Pförtners und den teuren Fotoapparat des Direktors, den dieser für den Abendkurs der Volkshochschule „Das Fotografieren des Unsichtbaren" hergerichtet hatte.

Die Polizei wurde geholt. Die begrüßte den „Taschen-Money" als alten Bekannten. „Du weißt doch, dass du bei Banken keine Chance hast." Damit zogen sie samt „Taschen-Money" ab.

Müller ließ sich als Held feiern, hatte aber ein schlechtes Gefühl dabei. Denn der „Taschen-Money" war schwarz gekleidet, nicht weiß.

Hatte er sich getäuscht? Fing er an, Schreckgestalten zu sehen? Sollte er zum Psychiater gehen?

Bald darauf kam der Direktor in sein Büro.

„Sehr schön, sehr gut haben Sie das gemacht. Ich komme morgen zu einem längeren Gespräch zu Ihnen." Der Chef schaute auf einen Brief, der auf dem Konferenztischchen lag.

„Ah, der ist ja an mich adressiert. Ich nehm ihn gleich mit." Müller kam es seltsam vor, dass er den Brief bisher nicht bemerkt hatte. Aber die Vorfreude auf die erwartete Beförderung hob seine Stimmung in höchste Höhen.

Kurz vor Feierabend stieß der Direktor die Tür auf, drei Polizisten sicherten den Raum, weitere Personen drängten herein.

Die Polizisten umzingelten den Karrierebanker, bereit, bei der kleinsten verdächtigen Bewegung über ihn herzufallen. Die Kollegen Abteilungsleiter pflanzten sich mit höhnischem Grinsen vor seinem Schreibtisch auf. Der Direktor sprach mit einer amtlich-klingenden Quetschstimme:

„Herr Müller, Sie sind fristlos entlassen. Händigen Sie mir bitte Ihre Schlüssel aus."

Wie in Trance holte Müller seinen Schlüsselbund heraus und begann, die Bankschlüssel abzunehmen.

„Warum? Warum? Warum?" Das letzte „Warum" schrie er mit aller Kraft dem Direktor entgegen.

„Das werden Sie schriftlich von unseren Anwälten erfahren. Außerdem erteile ich Ihnen hiermit Hausverbot. Sollten Sie die Bank betreten, werden Sie sofort wegen Hausfriedensbruchs angezeigt. Die Schlüssel, bitte!"

„Erst will ich wissen, was ich getan haben soll", forderte Müller.

„Ich habe es Ihnen schon gesagt. Unsere Anwälte und die Staatsanwaltschaft werden Ihnen das erläutern. Die Schlüssel, bitte."

Festen Schritts ging der Direktor zu Müller. Der zögerte.

„Herr Müller, sollen Ihnen die Polizisten die Schlüssel mit Gewalt abnehmen? Ersparen Sie uns so eine Szene."

Kurz sah Müller so aus, als wollte er es zu einem Kampf kommen lassen. Dann gab er die Schlüssel heraus, packte seine Sachen und ging nach Hause.

Seine Frau Sonja regte sich fürchterlich auf, seine Kinder orakelten vom Gefängnis in der Passauer Straße und dass sie ihn oft besuchen würden, schließlich hätten nicht viele Kinder einen Vater im Zuchthaus.

*

Es geschah nichts, was als Ermittlung oder Anklage hätte gelten können. Müller vertrieb sich die Zeit mit Spaziergängen, auf denen er versuchte zu ergründen, was er so Schlimmes getan haben könnte. Es musste mit dem Brief auf dem Tisch zusammenhängen. Wer ihn wohl dorthin gelegt hatte? Der Kapuzenmann? Falls es tatsächlich der Kapuzenmann war, den er aus seinem Büro hatte schleichen sehen. Und falls es ihn überhaupt gab. Was stand in dem Brief?

Täglich erwartete Müller die Verhaftung. Den Koffer für diesen Fall hatte er schon gepackt. Doch niemand kam, um ihn zu einzusperren.

Auf einer seiner ziellosen Wanderungen durch Straubing gelangte er zum Friedhof von Sankt Peter. Vor dem Eingang zur Kirche überfiel ihn ein so gewaltiges Angstgefühl, dass er sich nicht mehr bewegen konnte. Wie eine Statue verharrte er in einer zufälligen Pose. Seine Augen tasteten die Umgebung ab: Bäume, Sträucher, Grabsteine. Dann sah er im Eingang zur Kirche die Silhouette des Kapuzenmannes. Eine gewaltige Klangwalze rollte von dort auf Müller zu und verbreitete tausendstimmigen Schrecken. Eine Explosion sprengte den Kapuzenmann in tausend Fetzen, die sich wenige Meter vor Müller entfernt in einen Mann mit giftgrüner Hose, rosa Pullover, roten Schuhen und Faschingshütchen verwandelten. Das Ziegengesicht verzerrte sich bei seiner Rede ins Lächerliche. Die kreischende Fistelstimme eines Hysterikers elektrisierte die Nerven des Friedhofbesuchers. Den Gestank, den er verbreitete, musste er direkt von einer Latrine mitgebracht haben.

„Ihr Narren, ihr Missgeburten, ihr Bestien! Das große Tier wird kommen und verschlingen euch alle, ihr Frevler an Gottes Natur. Eure Sündhaftigkeit hat eure Gesichter zerfressen. In eurer Geilheit reißt ihr euch Fleischbatzen aus dem Leib. Eure Idiotie zerstört jede Würde des Lebens. Am Jüngsten Tag stoße ich euch Abschaum in die brodelnde Scheiße der Hölle."

Gellendes Gelächter.

Wem predigte diese Kasperlfigur? Es war kein Mensch zu sehen. Der Banker wollte weggehen. Sein Körper gehorchte ihm nicht.

„Du, Joseph Maria Müller, du bist der Schlimmste. Was hast du alles verbrochen!"

Müller lauschte dem Wörterschwall. „Ich, wieso ich? Ich habe keine Sünden!", wollte er schreien, brachte aber nur ein Krächzen über die Lippen. Im Tympanon über dem Eingang zur Kirche glühten die Figuren rot. Der Ritter mit Helm, Schwert und Schild hieb auf das drachenähnliche Tier ein, aus dem ein Menschenkopf herausschaute.

„Joseph Maria Müller, du bist schuldig gesprochen worden, alle Gesetze der Menschlichkeit mit Füßen getreten zu haben. Verdammt bist du! Dein Fleisch ist verflucht!“

Wie ein Affe kletterte die Lachfigur auf den höchsten Baum, reckte sich in Rednerpositur und schrie mit ausgebreiteten Armen: „Ich verfluche dich als Familienvater, ich verfluche dich als Bankangestellten, ich verfluche dich als Mensch.“

Währenddessen hieb der Ritter im Tympanon den Kopf, der aus dem Tier herausschaute, rasend schnell in Scheiben. Jeden Hieb verspürte Müller, als würde er an ihm selber ausgeführt. Der Blutstrahl aus dem Hals färbte den Boden rot. Die Gräber, die Kapelle und die Kirche saugten die Farbe in sich auf und sandten sie schmerzend in Müllers Augen.

„Tatatata! Attenzione, Ladies and Gentlemen, der Menschheitsverbrecher Joseph Maria Müller tanzt den Tanz der Sühne.“ Aus dem Kircheninneren von Sankt Peter ertönte Musik: „Donau so blau, so blau, so blau …“

„Allez hopp, Monsieur Müller, links zwei, drei, rechts zwei, drei vier, drehen, drehen, drehen …“

Nach den Befehlen der grotesk-komischen Figur wirbelte Joseph Müller, entlassener Hypothekenspezialist, durch den Friedhof, als wolle er alle Toten zu einem Auferstehungstanz mitnehmen. Mit wachsender Begeisterung folgten die Beine dem Rhythmus der Musik. Sie jagten den Körper über die Gräber hinweg, schleuderten ihn gegen Grabsteine, Baumstämme, Kirchenmauern …

*

Als er wieder zu Sinnen kam, öffnete er die Augen und sah nur Schwarz um sich. Die eisigkalte modrige Luft drohte ihn zu ersticken. Seine Hände tasteten den Boden ab. Sie fühlten etwas, hoben es auf und strichen über die Oberfläche. Die Augen, die sich allmählich an das Dunkel gewöhnt hatten, schauten in die Hohlräume eines Totenkopfes. Überall lagen Gebeine und Schädel herum. Müller war zu kraftlos, um in Panik zu verfallen. Als würde er die Szene von außen betrachten, bahnte er sich ruhig den Weg durch den Knochenhaufen zur Treppe, öffnete die Tür und verließ das Untergeschoss des Beinhauses. Er suchte den Platz vor dem Haupteingang der Kirche nach Zeichen ab, die ihm die Gewissheit geben sollten, dass das Erlebte wirklich stattgefunden hat. Außer einem weißen Stofffetzen fand er nichts Verdächtiges. Ein Teil der Kleidung des Kapuzenmannes? Er seufzte: „Das alles ist doch nicht die Möglichkeit!"

Am nächsten Morgen – es war Sonntag – eröffnete Joseph der Familie, dass er sie liebe, dass er Fehler gemacht habe, dass sie seine einzige Stütze sei, er sich für alles, was er ihr angetan und was er unterlassen habe, um Verzeihung bitte. Um das zu bekräftigen, sollten sie gemeinsam eine Wallfahrt zum Bogenberg machen.

„Die haben dort einen tollen Nusseisbecher", freute sich Ordine.

„Und trockene Wiener Schnitzel!", wandte Sonja ein.

„Müssen wir auch beten?", wollte Drago wissen.

„Nein, die Aussicht genießen reicht", gestand der Vater zu.

„Und sich dabei so ganz als Familie fühlen", ergänzte die Mutter.

Erstaunt schaute Joseph zu seiner Frau. Spott oder Ernst?

Nahezu ausgelassen starteten sie im Siebener BMW zur Wallfahrt.

Zum Glück bekamen sie den letzten Parkplatz. Sie wanderten zur Kirche hinauf: „Das gibt einen vollkommenen Ablass aller Sündenstrafen; ist ja eine Wallfahrt", mokierte sich Ordine.

„Das hat Papi besonders nötig", witzelte Drago.

Der Vater ließ nicht erkennen, wie sehr ihn diese Fopperei erschreckte und Selbstzweifel weckte.

Nach dem Mittagessen fuhren sie den Berg hinunter. An der Kreuzung zur Straße nach Englmar strampelte von rechts ein Radfahrer auf ihn zu: im blendend weißen Umhang mit Kapuze. Müller gab Gas – und fuhr mit seinem BMW gegen einen Geländewagen. Panisch stieg er aus dem Auto.

Alle waren unverletzt. Müller entschuldigte sich vielmals. Der Kapuzenmann habe ihn irritiert. Doch niemand außer ihm hatte den Mann mit dem weißen Kapuzenmantel gesehen. Man zuckte die Schultern: „Ausrede!", tauschte die Versicherungsnummern aus und fuhr weiter.

„Nur Blechschaden, Gott sein Dank!", äußerte sich Müller.

„Familienheilungsfest mit verbeultem Auto“, tönte Drago vom Rücksitz.

„Immerhin sind nicht wir verbeult“, quäkte die Schwester.

Um zwei Uhr nachts weckte Sonja ihren Mann. Es sei ihr übel. Er fuhr sie ins Krankenhaus, wo sie am Mittag ihren inneren Verletzungen erlag.

Stundenlang irrte Joseph durch die Stadt: „Es ist nicht wahr! Das kann nicht sein! Das ist doch nicht in Wirklichkeit so!“ Als er an der Asamkirche vorbeiging, hörte er die Melodie singen: „Dies irae, dies illa!“ Da kam er zu sich, ging nach Hause und teilte den Kindern den Tod der Mutter mit.

Die Tochter sagte nur leise: „Du bist ihr Mörder!“ und ging zu Rolf, mit dem sie seit dem Fußballspiel befreundet war. Sie blieb über Nacht. Drago holte sich zehn Flaschen Bier, trank sie aus und kotzte anschließend sein Zimmer voll.

Fühllos wie eine Marionette absolvierte Joseph die bürokratischen und die Trauerrituale, versuchte vergebens, die Tochter nach Hause zu locken und den Sohn in den Griff zu bekommen.

Dabei kam es ihm so vor, als spiele er in einem Film mit. „Das ist ja alles nicht wahr“, versicherte er sich immer wieder.

Drei Wochen nach der Beerdigung winkte ihm von ferne der Kapuzenmann zu, er möge ihm folgen. Der Abstand zwischen beiden blieb immer gleich groß, so sehr sich Joseph auch bemühte, die Figur zu erreichen. Er wollte sich vergewissern, ob es den Kapuzenmann wirklich gab oder ob er eine Einbildung war. Er wollte ihn fragen, warum er ihm Unheil bringe.

Der Kapuzenmann führte ihn zu einer Hütte in einem Schrebergarten, die völlig abgebrannt war. Müller durchsuchte die Reste und fand die goldene Kette, die Ordine von ihrer Großmutter zur Konfirmation bekommen hatte.

Von der Polizei erfuhr er, dass es vor drei Tagen dort gebrannt hatte. Ein Liebespaar habe einige Zeit in dieser „Bruchbude“ gewohnt, „illegal natürlich“, betonte der Polizist. Warum ihn dies interessiere. Joseph erzählte von dem Kapuzenmann, und dass seine Tochter verschwunden sei.

Tatsächlich ergab sich durch den Vergleich seiner Aussage mit den Personenbeschreibungen der Nachbarn, dass seine Tochter mit einem jungen

Mann – dass es der Sanitäter Rolf war, dessen war sich Joseph sicher – dort gewohnt habe.

„Die kommt wieder zu Ihnen zurück. Hat so einen anständigen Vater, der mir damals mein Häuschen finanziert hat", tröstete der Polizist. „Töchter kommen immer wieder zurück. Söhne nicht. Verbrannt ist sie nicht."

Mechanisch ordnete Joseph Müller seine Angelegenheiten. Im Gespräch mit Leuten fragte er immer wieder, ob sie den Kapuzenmann ebenfalls gesehen hätten.

Nein, sie hatten nicht.

Der Sohn trank weiterhin Bier und Schnaps, schwänzte die Schule und trieb sich nachts herum, sodass ihn mehrmals die Polizei nach Hause brachte. Das Jugendamt hatte einen Besuch angekündigt.

Eines Tages, es war etwa ein Jahr nach dem Tod der Mutter und dem Verschwinden der Tochter, stand der Möbelwagen vor Müllers Tür. Sein Konto hatte sich geleert, und er hatte das Haus verkaufen müssen. Drago und er zogen in eine kleine Drei-Zimmer-Wohnung.

Wohin war das Geld gegangen? Er wusste es nicht. Er sah nur, dass es nicht mehr da war. Das Geld, mit dem er einst so gut hatte jonglieren können, zerrann ihm zwischen den Fingern.

Am meisten erschütterte ihn, dass die vielen Menschen, die er in Straubing kannte, so ungeniert über ihn tuschelten, dass er es merken musste. Das war die Endstufe der sozialen Verachtung.

*

Endlich: Der erste Prozesstag. Richter und Anwälte erschienen in ihren schwarzen Berufskostümen. Sehen darin aus wie die Kapuzenmänner, nur schwarz halt und ohne Kapuze, dachte Müller.

Sie alberten herum und behandelten Müller wie ein Baby. „Dududu, böse gewesen, du! Musst Papi gehorchen! Und der Mami! Und der Omi! Dann kriegt das Baby einen süßen Schnullerli!" Sie interessierten sich überhaupt nicht für ihn, sondern plauderten über die Liebschaften des Gerichtsdirektors und seiner Frau „Ich hatte sie auch schon mal", triumphierte einer von ihnen, „Und ich hatte ihn", piepste ein anderer. Müller schrie: „Was wollt ihr von mir? Ich bin unschuldig! Ihr habt keinen einzigen Beweis!" Er protestierte: Man möge doch seine Situation und das Rechtswesen ernst nehmen. Lachwellen der Rechtshüter hatten seine Ernsthaftigkeit hinweggespült.

„Cretino: Es war einmal ein Bankangestellter, der träumte vom großen Glück. Als er eine wunderschöne Frau sah, warb er um sie. Er ward erhört, sollte aber eine Viertelmillion zum Standesamt mitbringen. Woher nehmen? Also ging er in den Tresorraum, cretino; wo ist das Geld?"

„Ich habe nicht gestohlen! Ich habe nichts verbrochen!", schrie Müller in den Gerichtssaal.

Vielstimmiges Lachen war die Antwort. „Jammer, o Jammer! Hadert mit seinem Schicksal. Cretino, hat nichts getan, der Unschuldsengel. Was hast du mit dem Grundstück in Aiterhofen gemacht? Ne klitzekleine Unterschrift gefälscht? Und in Bogen bestochen und in Mitterfels betrogen!"

Die Richter, Anwälte, Rechtspfleger und Sekretärinnen sangen:

„Unser Müller hat 'nen Dryller,
unser Müller ist ganz heiß,
denn der Müller
mit dem Dryller
macht auf dieser Welt
nur Scheiß."

Das Brülllachen der Gruppe jagte den Angeklagten auf die Straße.

„Das ist doch nicht wirklich!"

An der Ampel beim Gerichtsgebäude wartete Müller auf Grün. Da fiel ihm ein roter Mercedes auf. Am Steuer – der Kapuzenmann.

Dieser lächelte Müller an und gab Gas ...

Zu Hause empfing ihn ein jammernder Sohn: „Kopfweh, Kopfweh, Kopfweh!"

Der Vater fuhr Drago zum Hausarzt. Der ließ ihn gleich in die Klinik bringen. Ergebnis: Gehirntumor, inoperabel.

Innerlich unbeteiligt versorgte er seinen Sohn, bis er starb.

Die Beerdigung erfolgte klammheimlich. Einsam stand Herr Joseph Maria Müller am Grab seiner Frau und seines Sohnes. Die Tochter? Irgendwo verloren auf dem Weg in einen Puff.

„Was habe ich nur getan, dass mir das alles geschieht? Das kann doch kein Zufall sein. Das Unglück kommt immer mit dem Kapuzenmann! Wer ist er?"

Vom Friedhof aus wanderte er stundenlang durch die Donauauen und stieß weit außerhalb der Stadt auf drei schwergewichtige Motorradhelden, die eine Bierorgie veranstalteten.

„Do is oaner!"

„Ja, do is oaner!"

„Was machtn der do?" Der mit der Nackte–Mädchen–Tätowierung auf der behaarten Brust stelzte auf Müller zu.

„Wos machstn du do?", fuhr er den Spaziergänger an.

„Ich komme von der Beerdigung meines Sohnes. Lassen Sie mich bitte weitergehen."

Der Kleinste der drei kam mit einer Flasche Karmelitenbräu daher und drückte sie Müller in die Hand: „Sauf, dann spürst nix mehr!"

„Nein, bitte nicht, ich kann nicht."

„Was? Ned saufa kannst? Dös zoagn mia dir scho."

Sie packten Müller und flößten ihm eine Flasche ein.

„Wia sagt ma?"

„Danke schön, kann ich jetzt gehen."

„Auf oam Haxn ko ma ned stehn", schrie der dritte, ein Kerl mit einer vollkommenen Glatze. Sie rissen Müller zu Boden und flößten ihm die zweite Flasche ein.

Müller wehrte sich so kräftig, wie er konnte, hatte aber keine Chance.

„Wia sagt ma?"

„Ich hole die Polizei!", keuchte Müller, der bereits im Gesicht blutete.

„Hod a Bolizei gsagt? Bolizei? Hod a uns mit da Bolizei droht? Uns?"

„Jo, dös hod a", eiferte der Kleine.

Die nackte Mädchenbrust stieß die Springerstiefel in den Magen des am Boden Liegenden.

Müller erbrach sich und beschmutzte die weiße Decke, auf der die Dreierbande den zehnten Jahrestag ihrer Freundschaft gefeiert hatte.

„Geh, putz an Dreck wieda weg. Schleck ihn auf!" Die Glatze packte Müller am Haarschopf und ließ ihn das Gekotzte aufschlecken: „Schön schlecki, Hundi, schön schlecki, schlecki machi. Mach das Deckerl wieda schee weiß."

Weinend lag Müller auf dem Weg, als die drei abfuhren und dabei ein paarmal seinen Körper überrollten. Der Kleine stieg noch einmal ab, holte die weiße Decke und breitete sie über den reglosen Müller. Die Kapuze zog er über den Kopf.

*

Ein Priester spricht am Grab von Joseph Müller auf dem Städtischen Friedhof in Straubing. Eine feierliche Menschenmenge in Trauerkleidung umsteht ihn. Es regnet in Strömen.

„Liebe Frau Sonja, liebe Ordine, lieber Drago, liebe Trauergemeinde. Wir nehmen Abschied von einem Mann, der ein vorbildliches Leben geführt hat. Bescheiden, warmherzig, aufopferungsvoll ist er mit seinen fünfundsechzig Jahren von uns gegangen, nur drei Monate seiner Rentnerzeit konnte er genießen.

Unser Joseph Maria Müller war ein Mann wie du und ich. Er wurde geboren, von liebevollen Eltern in humanistischer Tradition erzogen. Als Musterschüler erfreute er die Lehrer. Es zog ihn im Beruf zu den Zahlen, zur Bank. Dort hatte er Erfolge, um die ihn viele beneideten. Als Leiter einer Abteilung war er ein korrekter und anständiger Chef. Als Direktor unserer städtischen Bank wirkte er weit in die Welt hinaus. Im Bankenhilfswerk setzte er sich für die behinderten Kinder in unserer Stadt ein.

Was hat er als Heimathistoriker nicht alles getan. Sein Werk über die Geistergeschichten um den Friedhof St. Peter ist immer noch im Handel. Auch wenn es manchem merkwürdig vorkam, dass er oft von den Geistern der Vergangenheit sprach, die uns schaden wollten, so war er ein tiefgründiger und philosophischer Mensch.

Vor allem als Familienvater zeigte sich seine wahre Humanitas, ein Abendländer vom Scheitel bis zur Sohle. Möge er ruhen in Frieden. Möge auch sein Lebensbegleiter von der Erde verschwinden, jener weiße Kapuzenmann, von dem er immer wieder sprach. Unvergessen ist sein Mysterienspiel, in dem er seinem Kapuzenmann und all den anderen Kapuzenmännern auf dieser Welt ein unvergängliches Denkmal setzt. Sind sie auch nur Gespenster, Figuren des Unbewussten, so sind sie doch sehr lebendig als Chiffre für unser Leben. Joseph Maria Müller: Es ist vollbracht. In Ewigkeit, Amen!“

Die Augen des Pfarrers verfolgen erstaunt eine weiße Gestalt mit einer Kapuze, die in Richtung St. Peter geht.

Karin Holz

Die Friedhofswächter

Foto: Corinna Meister

Fast wäre er mit dem alten Karl zusammengestoßen. Der alte Mann war mitten auf dem Weg stehen geblieben. Seinen Kopf hatte er leicht zur Seite geneigt, sein Mund war spitz und angespannt.

„Karl? Was ist …?"

„Still!"

Damian verstummte und sah sich unbehaglich um. Hier auf der Burg war der Nebel dünner als unten in Donaustauf, aber er konnte trotzdem seine Füße nicht sehen. Dann hörte er Äste knacken und Zweige brechen. Irgendetwas bewegte sich dort drüben – etwas Großes.

Er öffnete den Mund, um Karl zu fragen, ob sich nachts auf der Burg Rehe herumtrieben. In Wirklichkeit dachte er eher an ein Wildschwein. Doch dann schloss er seinen Mund wieder.

„Der Wind", sagte der alte Karl.

Ohne zu wissen, was er tat, imitierte er Karl. Er neigte gleichfalls den Kopf zur Seite und lauschte. Das Geräusch war anfangs weit weg, dann sehr nahe. Es bewegte sich zuerst von ihnen fort und kam dann unheildrohend auf sie zu. Damian spürte, wie ihm der Schweiß von der Stirn über das Gesicht lief. Er wechselte den Müllbeutel mit dem toten Hund von einer Hand in die andere. Seine rechte Hand war feucht, das grüne Plastik fühlte sich fettig an und rutschte aus den Fingern. Jetzt war das Ding dort drüben so nahe, dass Damian jeden Augenblick damit rechnete, die Form eines Riesen zu sehen, der mit seinen zottigen Händen die Sterne am Himmel auslöschte.

An ein Wildschwein dachte er jetzt nicht mehr.

Dann entfernte es sich und verschwand. Damian wollte gerade *„Was war das?“* sagen, als ein irrsinniges Lachen aus der Dunkelheit drang. Es hob und senkte sich in lauten Zyklen. Erst kam es von der oberen Burgmauer, dann dröhnte es aus dem unteren Burgtor. Das Lachen war laut, durchschien es, als erstarrten alle Flüssigkeiten in seinem Körper zu Eis und als wäre er so schwer geworden, dass er den Burgberg hinunterzustürzen drohte und tot unten in der Maxstraße ankommen würde.

Das Gelächter schwoll an und zerfiel dann wie die morschen, bröckelnden Backsteine der Vorburg in trockenes Kichern. Es kreischte laut von der Lindenallee herauf, ging in ein Glucksen über und verstummte dann vollständig. Irgendwo hörten sie Wasser tröpfeln und über ihnen heulte monoton der Wind. Davon abgesehen herrschte plötzlich unheimliche Stille auf dem Burgberg in Donaustauf.

Damian zitterte am ganzen Körper. Sein Mund war völlig trocken. Er spürte keinen Tropfen Speichel mehr. Es war der absolute Wahnsinn.

„Was war das denn?“, flüsterte er heiser dem alten Karl zu.

Karl drehte sich zu ihm um, sah ihn an und in dem trüben Licht kam es Damian vor, als sähe der alte Mann aus wie hundert. Das eigentümliche Licht in seinen Augen war verschwunden. Sein Gesicht war verzerrt und in seinem Blick lag das nackte Entsetzen. Doch als er sprach, war seine Stimme wie immer.

„Das war nur eine Eule“, sagte er. „Komm, wir sind gleich beim zweiten Tor. Darunter im Burggraben kannst du deinen Hund begraben.“

Sie gingen weiter. Obwohl es erst Ende Oktober war, war das Gras unter ihren Füßen gefroren. Bei jedem ihrer Schritte zerbrachen die Halme wie Glas. Endlich liefen sie wieder zwischen den Bäumen. Damian roch den Herbst.

Er hatte jedes Gefühl für Zeit und Richtung verloren. So spät war er noch nie auf der Burg gewesen. Und so viel stand für ihn fest. Sobald sein Hund hier begraben war, würde er auch nie wieder in der Nacht hierher kommen. Von wegen Tierfriedhof, da hatte ihn der alte Karl sauber hinters

Licht geführt. So war es Brauch in Donaustauf, hatte er zu ihm gesagt. Und er glaubte ihm, an die Traditionen, die man hier im Ort pflegte.

„Jetzt geht es den Hügel hinunter, vor der Brücke. Geh mir einfach nach. Wir sind gleich da."

Der alte Karl begann, den gefrorenen Hügel hinunterzurutschen. Damian folgte ihm langsam. Der Wind wurde schärfer, kälter und seine Wangen färbten sich rot. Er blickte nach oben und sah Millionen Sterne, kalte Lichter im Dunkel.

Noch nie vorher hatten ihm die Sterne das Gefühl vermittelt, so unendlich klein, so unbedeutend zu sein. Ob es da draußen irgendwelche Wesen gab? Er dachte an das zottige Ding, das sich nicht weit weg von ihnen auf der Burg bewegt hatte. Damian stolperte und konnte sich gerade noch mit der freien Hand an der Mauer abstützen. Die Wand fühlte sich angeschlagen, zerfurcht und faltig an.

„Alles in Ordnung?", murmelte Karl.

„Ja", sagte Damian, obwohl er fast völlig außer Atem war und seine Schultern pochten vom Gewicht des toten Hundes im Beutel.

„So, da wären wir."

Damian sah sich um. Das Licht der Sterne reichte aus. Sie standen auf der Wiese vor dem Eingang des Turms. Er erblickte oben auf dem Berg die Kronen der Linden und hörte wieder schallendes Gelächter. Dort standen eine Reihe von zotteligen Kreaturen mit fürchterlichen Fratzengesichtern im Schatten der Bäume – die sich im Kreis tanzend bewegten und deren Gelächter immer lauter wurde. Karl schien nichts zu sehen und auch nichts zu hören.

„Hier begraben wir seit über hundert Jahren unsere Haustiere. Früher wurden ihre Besitzer auch hier begraben."

Das erinnerte Damian an die alten Ägypter, die noch einen Schritt weiter gegangen waren. Sie hatten die Tiere ihrer Pharaonen geschlachtet, damit die Seelen ihrer Besitzer in das neue Leben wechseln konnten. Ob der Brauch hier etwas mit den Ägyptern zu tun hatte? Wahrscheinlich nicht. Zwischen Donaustauf und Ägypten lagen immerhin einige Kilometer.

„Hier kannst du das Grab für deinen Hund schaufeln. Ich rauche inzwischen eine Zigarette. Ich kann dir leider nicht helfen. Jeder begräbt hier seine eigenen Toten. So war es schon immer."

Der alte Karl hatte sich mit dem Rücken an die Mauer gelehnt, schirmte ein Streichholz mit den Händen ab und zündete sich eine Zigarette an.

„Willst du auch eine, bevor du anfängst?"

„Nein, ich bin froh, wenn ich es hinter mir habe. Kann ich hier wirklich ein Grab ausheben? Die Erde sieht so fest aus." Damian deutete mit seinem Finger auf die Stelle, die Karl ihm gezeigt hatte. Er nickte langsam. „Doch", sagte der alte Mann. „Ein Boden, der so tief ist, dass Gras wächst, ist auch tief genug, um darin etwas zu begraben. Es ist allerdings etwas mühsam."

Das war es in der Tat. Der Boden war hart und steinig. Er stellte bald fest, dass er eine Hacke brauchte, um ein Grab für seinen Hund auszuheben.

Da war wieder dieses Gelächter. Er hörte ein lautes Poltern. Als er über seine Schulter blickte, sah er ein großes, zotteliges, aufrecht stehendes Tier mit langen Hörnern im Schatten neben dem alten Karl. Es verschwand, so wie es aufgetaucht war, im Nebel. Damian zitterte am ganzen Körper. Ob das mit dem Friedhof hier stimmte?

Damian grub weiter und hatte das Grab bald tief genug.

„Das reicht", sagte Karl.

„Kannst du mir sagen, was das alles zu bedeuten hat?"

„Was meinst du?", der alte Karl grinste vor sich hin. „Die Burg ist ein magischer Ort. Es gibt Leute, die sehen hier oben Irrlichter und manche glauben auch Gespenster zu sehen. In der Lindenallee wimmelt es bei Vollmond von Geistern." Karl kicherte und von oben dröhnte schallendes Gelächter.

„Ich glaube, dass es ein gefährlicher Ort ist", sagte Karl leise. „Aber nicht für die toten Tiere."

Damian senkte den Müllbeutel in die Grube und schaufelte langsam Erde darauf. Er fror und war sichtlich erschöpft. Obwohl er es nicht bedauerte, hierhergekommen zu sein, war er froh, wenn er wieder Zuhause war. Er wünschte sich, das Abenteuer wäre jetzt schon überstanden.

Das polternde Geräusch der Erde, die er in das Grab schaufelte, wurde dumpfer und hörte dann auf – jetzt fiel nur noch Erde auf Erde.

Er kratzte den letzten Rest mit der Schaufel in die Grube und dann wandte er sich dem alten Karl zu. Von ihm bekam er die Steine für die Grabumrandung.

„Sind wir jetzt fertig?“

„Ja.“ Er schlug Damian auf die Schulter. „Du hast gute Arbeit gemacht. Gehen wir ...“

Die Hacke und Schaufel geschultert, gingen beide nach oben zur Lindenallee. Neben der Brücke stand, in Nebel gehüllt, der pelzige Riese mit den langen Hörnern und beobachtete die Beiden. Damian blickte zum Grab seines Hundes zurück, aber es war im Schatten versunken. Er konnte es nicht mehr sehen.

Er hörte viele Stimmen von weit her und plötzlich war auch der Riese verschwunden. Er konnte sich nicht entsinnen, jemals so erschöpft gewesen zu sein. Sie waren den gleichen Weg über die Lindenallee zur Kirche zurückgegangen, aber er konnte sich kaum an etwas erinnern. Er taumelte über den Friedhof bei der Kirche, als von oben her noch einmal grölendes Gelächter wie ein Donnerschlag erschallte und abrupt aufhörte. Damian wäre vor Schreck fast auf ein Grab gefallen, hätte ihn der alte Karl nicht an der Schulter gepackt.

„Das waren die Burgdeifln, sie haben jetzt die Seele deines Hundes abgeholt. Nun ist Ruhe.“

Fast schlafwandlerisch ging er mit Karl weiter den Burgberg hinunter. Sie sprachen kein Wort miteinander und blieben bei Damians Haus stehen.

„Was war das heute da oben?“

„Wir haben deinen Hund beerdigt, nichts weiter.“

„War das alles?“

„Ja“, sagte der Alte. „Nichts weiter!“

„Karl ...“

„Keine Fragen, Damian. Es war genau richtig so.“

Damian ging ins Haus. Er warf einen Blick auf die Uhr. Zehn vor zehn. Kaum zu glauben. Die Schmerzen in den Händen waren nicht mehr auszuhalten. Er gönnte sich noch zwei Flaschen von dem Roten. So eine Art Leichentrunk für seinen Hund. Danach legte er sich samt den dreckigen Klamotten ins Bett.

Irgendwann um vier Uhr wachte er auf und musste zur Toilette. Halb vom Licht geblendet, fiel er beim Zurückgehen über einen harten Gegenstand. Hier stimmte etwas nicht. Es stank fürchterlich in dem Raum. Damian ging ins Bad zurück und ließ noch einmal die Spülung der Toilette rauschen. Er stolperte ziemlich betrunken zurück in sein Bett.

Das harte Etwas auf dem Boden ließ ihm jedoch keine Ruhe. Er rollte sich aus dem Bett und ging zurück ins Bad. Der Gestank war mittlerweile so widerlich, dass es ihn würgte. Die Klospülung, verdammt! Doch die Toilette war in Ordnung. Er knipste das Licht an. Auf dem Badvorleger lag dreckverschmiert sein Hund und blickte ihn mit furchterregend roten Augen an. Aus seinem Maul kam abscheulicher Gestank.

Waren zwei Flaschen vom Roten doch zu viel? Seinen Hund hatte er doch begraben? War er doch nicht tot? Sofort redete Damian sich ein, er habe den Tod des Hundes vorschnell und offenbar falsch gesehen, konnte aber nicht leugnen, dass der Hund anders war als zuvor: Er bewegte sich seltsam und viel weniger grazil. Als Damian seine Hand auf ihn legte, fühlte er sich widerlich an. Seine Augen hatten einen leeren Blick. Das stinkende Tier stand auf und trottete an ihm vorbei zu seinem Futternapf, schleckte die Reste aus und sagte zu ihm mit krächzender Stimme: „Du warst ein schlechter Herr für mich. Du hast mich oft geschlagen. Das musst du jetzt büßen. Ab jetzt werden die Dämonen bei Einbruch der Dunkelheit vom Burgberg heruntergrölen und nur du wirst sie die ganze Nach hören. “

Danach verschwand der Hund hinaus auf die Straße. Damian nahm all seinen Mut zusammen und starrte in die Dunkelheit. Doch sein Hund war weit und breit nicht mehr zu sehen. Nur das laute irrsinnige Gelächter der Burgdeifln dröhnte in seinen Ohren.

In der Donaustaufer Gegend heißt es: Menschen, die ihre toten Tiere sprechen hören, sterben einen baldigen Tod.

Ingrid Kellner

Der Brunnen in der Höll

Foto: Rupert Klein

Es war das letzte Mal, dass man den Bauern lebendig gesehen hatte, und zwar im Wirtshaus von Oberschönbach in der Nähe Landshuts. Er hatte wie immer stumm dagehockt und versucht, seinen Kummer zu ertränken. Sein Bub, der Joseph, war nicht mehr heimgekommen von der Schlacht gegen die Franzosen am 3. Dezember 1800 in Hohenlinden. Jetzt fehlte dem Bauern der Erbe. Für was sollte er sich noch plagen? „I mag nimmer“, seufzte er und machte sich spät auf den Heimweg zu seinem Einödhof.

Es war März, Neumond und ein rechtes Sauwetter. Über ihm tobte im Stockfinstern die wilde Jagd. Als der Bauer in den Wald kam, den man die Höll nannte, bog der Wind die Wipfel, dass die Stämme ächzten und aneinander schlugen. Plötzlich flackerte nicht weit vor ihm ein Licht. Der Bauer fing an, sich zu fürchten. Das war kein gutes Zeichen, Jess, Mar und Josef, das war einer der feurigen Männer, schwarz gewandet und mit einer tief über den Kopf gezogenen Kapuze. In der erhobenen Hand hielt er eine brennende Fackel. Nun musste der Bauer mit ihm durch die Höll gehen bis zu seinem Hoftor. Mit zitternder Stimme sagte er, wie es sich gehörte: „Vergelt's Gott!“. Dann erlosch das Licht und der Spuk war vorbei. Nur der Hofhund jaulte noch eine Weile.

Der Bauer schwankte quer über den Hof am Misthaufen vorbei und betrat das Wohnhaus. Gleich rechter Hand auf dem Flez war der Rossstall, in dem er seinen Rausch ausschlafen wollte, um seine Bäurin nicht zu wecken. Doch zuvor wollte er sich auf diesen Schreck hin noch ein Zwetschgenwasser gönnen und stieg in den Gewölbekeller. Das Regal, in dem der Schnaps stand, befand sich neben dem Hausbrunnen, dessen rechteckiges

Becken mit einer kniehohen Mauer gefasst war. Die hölzerne Abdeckung lehnte an der Wand. Noch zitternd vom Schrecken nahm der Bauer einen guten Zug aus dem Schnapskrug. Als er ihn absetzte, schwindelte ihm, er stolperte, stürzte und fiel rückwärts in den Brunnen. Dabei schlug er sich den Kopf hart an der Einfassung an. Das schwarze, eiskalte Wasser nahm ihn auf. Das Herz blieb dem Bauern stehen und er sank wehrlos hinab bis auf den tiefen Grund.

Als Theres, die junge Kuchlmagd, am anderen Morgen zum Wasserholen kam, entdeckte sie den zerbrochenen Krug und roch den scharfen Schnapsgeruch. Schnell klaubte sie die Scherben auf und warf sie in den Brunnen. Wenn das der Bauer erfährt, dachte sie voller Angst. Als sie ihre Eimer gefüllt hatte, ließ sie die Abdeckung auf das rechteckige Brunnenbecken gleiten. Sie mochte das schwarze, stille Wasser nicht. Es zog sie saugend an. Gestern hatte sie wohl vergessen, den Brunnen zuzudecken. Macht nichts, dachte sie, hat ja niemand was gemerkt. Die anderen waren schon im Stall. Die Kühe brüllten und schnaubten missmutig in die Barren, in denen nur schlechtes Gsod lag, viel zu viel Strohhäcksel unterm raren Heu. Es gab noch kein frisches Gras. Bald würde es grünen, aber man musste Mist breiten und in die Wiesen reiben.

Im Rossstall wieherten die Pferde und traten polternd gegen die Bretter in ihrem Stand. Die Rösser fütterte der Bauer immer selbst. Sicher lag er noch im Bett und schlief seinen Rausch aus. Theres war froh um jede Minute, die sie ihn nicht sehen musste. Sie ging ihm aus dem Weg, denn wenn er sie alleine erwischte, musste sie ihren Rock heben und ihre Unkeuschheit zeigen. Er rieb sich, bis er stöhnte und starr wurde. Dann konnte Theres den Rock fallen lassen und fortlaufen.

Das Gesinde kam nach dem Füttern in die Stube und setzte sich an den Tisch, auch die Bäurin und Ruppert, der Knecht. Theres tischte ihnen die Morgensuppe auf. Jeder zog seinen Löffel aus der Lade und brockte sich Brot dazu. Als Theres das Geschirr abräumte, trug ihr die Bäurin auf, den Bauern zu wecken. Sicher schlief er wieder mal bei den Rössern. Widerwillig öffnete Theres die Tür zum Pferdestall einen Spalt breit. „Aufstehn,

Zeit is's!", rief sie hinein. Aber nichts rührte sich. Zögernd betrat sie den Gang hinter den Pferden. Aber da lag kein Bauer.

Eine Woche später gab der Brunnen den Bauern frei. Als Theres ihren Eimer in den Brunnen tauchen wollte, starrte sie ein weißes, gedunsenes Gesicht mit gebleckten Zähnen an. Schreiend lief Theres die Stiege hinauf auf den Flez.

„Was hast denn?", fuhr die Bäurin sie an, „du g'spinnerts Luder!"

„Der Teifi", keuchte Theres, „der Teifi, da drunt!"

Aber bald schrie auch die Bäurin, als sie die Leiche ihres Mannes im Brunnenwasser entdeckt hatte. Ruppert, der Knecht, musste ihr helfen, den Bauern herauszuziehen.

„Der schaut nimmer gut aus", meinte er.

Die Bäurin bekreuzigte sich. „Er möge ruhen in Frieden!"

„Amen", sagte Ruppert, „aber wo?"

Die Bäurin war schlimm dran. Die wilde Jagd habe den Bauern mitgenommen, erzählte man sich im Dorf. Oder er hat sich umgebracht und ein Selbstmörder kriegt eh keine anständige Beerdigung. „Weißt was, wir schlagen ihn in eine Pferdedecke ein", sagte Ruppert, „sonst fällt er noch ganz auseinander. „Ich grab ihn hinterm Krautgarten ein."

Ruppert mochte seine Bäurin. Nicht, dass sie was miteinander gehabt hätten. Aber sie steckte ihm manchmal ein Stückl G'räuchertes oder ein Flaschl Bier zu, das sie vor dem Bauern versteckt hatte. Sie hielt sich grad und ließ sich ihren Kummer nicht anmerken. Ja, sie war streng geworden, weder Lob noch Lächeln kamen ihr aus. Kein Wunder mit einem Mann, der soff und einem Sohn, der auf dem Feld geblieben war. Und mit Schwiegerleuten im Austrag, denen sie heute noch nicht recht war, weil sie ein bissl anders redete, eben so wie dort, wo sie herkam, drüberhalb der Isar im Hopfenland.

Ruppert schleppte das grausige Paket aus dem Keller hinauf in den Pferdestall, legte es auf den Schubkarren und breitete Mist darüber. Schwankend fuhr er zum Misthaufen in der Mitte des Hofes und lud seine Last ab. Jeden Tag kam eine neue Fuhre Dung darauf. Die Hühner scharrten eifrig und fanden mehr weiße, fette Würmer als sonst. Aber bald war es soweit, dass man den Mist zum Düngen auf die Wiesen fahren musste. Ruppert wollte den Bauern, oder was von ihm übrig geblieben war, in der nächsten Nacht hinter dem Krautgarten vergraben. Aber es gab jemand, der ihn dabei beobachtete.

Es war zur Zeit der Säkularisation. Montgelas, der Gottseibeiuns, löste die Klöster auf, um seinem Kurfürst Max Josef zu Land und Geld zu verhelfen. Es erwischte auch das Franziskanerkloster in Landshut. Im April 1802 wurden die Insassen vertrieben, der Abt, die Patres, die Fratres und auch die Laienbrüder. Wagen wurden beladen, Kutschen bespannt, es wurde geweint und geflucht. Man hatte Bruder Pius bedeutet, nach Hause zu gehen. Sein Vater lebte noch und der Bruder führte jetzt den Hof. Zurück in dieses karge Leben voll harter Arbeit? Pius war es leid ums Klosterleben. Es gab genug Fleisch, ausgenommen an Fasttagen, auch Wein und einen bequemen Posten: Er diente an der Klosterpforte zum Wirtschaftshof und konnte dabei den Lieferanten oft einen kleinen Zoll abfordern. So hatte er ein feines Leben, das nun leider ein harsches Ende fand.

Pius war von seiner Mutter, einer Bäurin, fürs Kloster bestimmt worden. Er hatte sie als guter Sohn in den Himmel gebetet, als sie gestorben war. Auf den Dörfern gab es sicher genug Pfarrer, die einen wie ihn gerne nahmen. Dass er nur Laienbruder war, musste ja niemand wissen. Er trug die feine Wollkutte eines Paters, die er aus dem Kleidermagazin mitgenommen hatte. Pius nahm den Weg nach Osten in die Hügel. Er kam in einen Wald und fand nicht mehr heraus. Das war die Höll, das sollte er später erfahren. Brombeerranken klammerten sich an ihn und dreimal stolperte er am selben Ort vorbei, an einem alten Brunnen, wo er sich nasse Füße holte. Endlich, es war schon dunkel, entdeckte er ein Licht. Erleichtert ging er darauf zu und kam an die Rückseite eines Vierkanthofs. Dort sah er einen Mann, der schaufelte im Schein einer Laterne eine Grube. Mitten in der Nacht? Pius schlich näher. Nun stieß der Knecht, es war Ruppert, ein schweres Bündel hinein. Dabei öffnete es sich und eine weiße, knochige Hand zeigte auf ihn, Pius. Er erschrak, was war das für ein Zeichen? Sollte er bald sterben? Was hatte er getan, er hatte doch nur die Kutte mitgehen lassen. Pius zog sich lautlos zurück, umrundete das Gehöft, dann trat er durch das vordere Tor. Der Hofhund bellte und zerrte an seiner Kette. Pius fiel fast in den Misthaufen, dann klopfte er endlich an die Haustür.

„Wer kann das sein?“, wunderte sich die Bäurin. Sie wartete ja auf Ruppert. Aber der würde doch nicht klopfen. Wie ein Blitz schoss Hoffnung in ihr auf. War es vielleicht ihr Bub, der Joseph? Ihr Herz schlug heftig, als sie den Riegel zurückzog. Da stand jemand auf der Gred in einer schwarzen Kutte und sagte: „Gelobt sei Jesus Christus.“

„In Ewigkeit, Amen“, antwortete sie automatisch. „Bringt ihr Botschaft von meinem Buben, dem Maier Joseph? Aber, bitte, kommt zuerst herein, Hochwürden!“

„Pater Pius ist mein Name, gute Frau.“

Die Bäurin steckte noch einen Kienspan auf und weckte Theres, damit sie eine Brotzeit auftrage, Brot, G'räuchertes und Wein für den geistlichen Herrn. Der hatte nichts dagegen, er spachtelte mit Genuss. Theres stand daneben, bereit, ihn zu bedienen. Was für schöne Hände er hatte! So sauber die Nägel, ohne Schwielen und Schrunden wie bei ihrem Bauern, Gott sei seiner Seele gnädig. Ob er direkt in die Höll gekommen war?, fragte sich Theres. Oder ob er im Fegefeuer schmorte? Pius schaute auf die schlaftrunkene Magd, nur im Hemd, die feinen Haare hingen ihr ins Gesicht. Da wurde ihm ganz anders. Aber er musste auf die Bäurin eingehen, wenn er bleiben wollte, hier, wo man ihn so gut traktierte. Er räusperte sich. „So, so, der Joseph.“

„Was wisst ihr, lebt er?“, fragte die Bäurin mit rauer Stimme. In dem Moment trat Ruppert ein, erdverschmiert, nickte ihr zu und verschwand in der Küche. Man hörte, wie er sich die Hände in einer Schüssel wusch, dann trat Stille ein.

Theres hielt es nicht mehr aus. „Das Waschwasser kommt vom Hausbrunnen“, erklärte sie, „aber es schmeckt nicht mehr gut.“

„In der Höll gibt's auch einen Brunnen“, sagte die Bäurin, „der hat ein gutes Wasser.“

„In der Höll?“, fragte Pius erstaunt.

„Ja, so heißt halt der Wald."

„Da war ich lang drin", lachte Pius und gähnte. „Aber jetzt bin ich arg müde. Morgen ist auch noch ein Tag."

Theres musste ihm das Bett in ihrer Kammer geben, sie selbst sollte im Heu schlafen. Am andern Morgen fehlte der Pater bei der Morgensuppe. Es war noch viel zu früh für einen geistlichen Herrn, vermutete Theres. Sie lief mit zwei Eimern an der Tragstange zum Brunnen in der Höll, um Wasser zum Trinken und Kochen zu holen. Als sie zurückkam, saß Pater Pius am Tisch, von der Bäurin bedient. Er fragte Theres, wie sie heiße, und bemerkte, wie tüchtig sie sei und was für eine hübsche Magd. Theres wurde über und über rot und knickste.

„Verderbt mir nicht die Dirn!", warnte die Bäurin. „Sie soll sich nichts einbilden und ihre Arbeit tun."

Das machte Theres, sie fütterte die Hühner und sammelte die frisch gelegten Eier. Oh, wie froh sie war! Der Pater hatte sie angeschaut, er hatte gemerkt, wie hübsch und tüchtig sie war. Wie gut er ist, ein Heiliger ganz gewiss. Und Heilige durfte man lieben und verehren, das war keine Sünde. Theres wollte alles für ihn tun. Als erstes schenkte sie ihm zwei Eier.

Pater Pius blieb auf dem Maierhof. Auch die Bäurin bemühte sich um ihn. Er hatte ihr Hoffnung gemacht, dass Joseph, ihr Sohn, noch lebe. Dass er irgendwo im Süden Bayerns in einem Spital liege und Zeit brauche, bis er von seiner schweren Kriegsverletzung geheilt sei. Und dass sie, die Bäurin, nur Geduld haben und fest glauben und beten müsse. Dabei wolle er ihr gerne jeden Tag helfen.

Ruppert wusste nicht, was er davon halten sollte. Die Bäurin steckte ihm nichts mehr zu, kein G'räuchertes und kein Flaschl Bier. Das bekam jetzt dieser Pater Pius. Der sich viel zu gut mit der Bauernarbeit auskannte. Er wusste zum Beispiel, wie man Pferde zum Strahlen bringt, und hatte darauf bestanden, dass an Georgi die Felder noch vor Sonnenaufgang besprengt werden sollten, damit kein Billwerschnitt hineinkäme. Ein Pfaff darf doch nicht an so etwas glauben, dachte Ruppert, das ist doch Aberglaube, so hat es jedenfalls immer geheißen.

Und was sagten die Leute? Ein Glück hat sie, die Maierhofbäurin, dass sie den Pater Pius hat, sagten die Leute. So viele sind aus den Klöstern vertrieben worden und unglücklich. Man muss ihnen doch helfen und sei's um Gottes Lohn. Dann liegt Segen auf Haus und Stall. Besonders das Haus braucht einen Segen, fand die Bäurin, vom Keller bis zum Dach.

So kam es, dass Pater Pius den Segen über den Brunnen im Gewölbekeller mit vielen lateinischen Worten, Kerzen und großer Gebärde sprach.

„Jetzt kann man es wieder trinken", meinte Theres. Die anderen blieben vorsichtig und tranken lieber noch eine Zeit lang das Wasser vom Höllbrunnen. Aber bald bekamen sie keins mehr, denn Theres fehlte es plötzlich an der Kraft, das Wasser aus dem Wald zu schleppen. Sie fieberte und lag krank im Heu. Niemand kümmerte sich um sie, nur die Katze, ein rotweiß geflecktes Tier, das schnurrend bei ihr lag. Aber dann kümmerte sich doch einer um Theres: Pater Pius. Er wolle für sie beten, behauptete er und legte seine Hand auf ihre heiße Stirn. Dann wanderte die Hand weiter nach unten und wollte ihr unters Hemd. Das aber ließ die Katze nicht zu. Sie fauchte und machte einen Buckel. Ihr Fell knisterte und gleißte im Strahl der Sonne, die schräg durch eine Lücke in der Stadelwand schien. Dann schlug sie zu, ihre Krallen fuhren in Pater Pius' Hand. Er fluchte gotteslästerlich und machte, dass er davonkam. Das alles hatte Ruppert beobachtet, der gerade im Stadel war, um Einstreu für die Pferde zu holen. Dann hörte er den Hofhund wie verrückt bellen, als Pius draußen vorbeilief. Ruppert ging zu Theres und sah sie so mager und krank daliegen, dass sie ihm von Herzen leid tat.

„Der Heilige", flüsterte sie im Fieber, „der Heilige ist gekommen und hat mich berührt. Er liebt mich." Sie hustete. „Und er wird mich in den Himmel bringen, das hat er mir versprochen."

Ruppert wurde zornig. Dieser geile Bock von einem Pfaffen! Er passte Pius ab, als dieser alleine war und sprach ihn auf Theres an.

„Sie wird's nicht mehr lange machen", sagte Pius traurig.

„Wenn ihr was passiert, sagte Ruppert drohend, „dann ist es besser, wenn Ihr abhaut, fort von hier."

„Was, du willst mich rausschmeißen?“, erwiderte Pius. „Es wäre für dich und deine Bäurin gar nicht gut, wenn herauskommt, dass da ein Toter in der Grube hinterm Krautgarten liegt.“

Also musste Ruppert still halten und dulden, dass dieser Pius wie eine Made im Speck auf dem Maierhof saß. Den Hund ließ er nun nachts von der Kette. Theres aber trug er hinauf in ihre Kammer. Sollte Pius doch bei der Bäurin schlafen. Es war ihm egal.

Als es Mitternacht geworden war, erhob sich Theres fieberglühend und wollte Wasser trinken. Aber nicht das aus dem Hausbrunnen, sondern vom Brunnen in der Höll. Sie bekreuzigte sich am Weihbrunnen in der Stube, nahm den Krug und lief hinaus. Die Katze hinterher, auch der Hund folgte ihr und noch einer, nein zwei, Pater Pius und mit Abstand Ruppert, der Knecht. Pius konnte nicht mehr warten, er musste Theres haben, sofort, denn diese oder die nächste Nacht würde sie nicht überleben. Ruppert sorgte sich um Theres, er wollte sie vor dem geilen Pius schützen.

Es ist überliefert, dass Theres folgende Worte aus dem Brunnen hörte:

„Wenn du nur das Geweihte nicht hättest, das Beißende und Gleißende würde ich nicht fürchten.“

Gemeint war das Weihwasser, mit dem sich Theres bekreuzigt hatte. Das Beißende war der Hund und das Gleißende stand für das von der Sonne beleuchtete Fell der rotweißen Katze.

„Die Magd trank und starb noch in derselben Nacht“, ist ebenfalls überliefert. Das stimmt aber nicht, denn nicht sie starb, sondern Pius, den Ruppert sein Messer zwischen die Rippen rammte, als er sich mit vorne hochgezogener Kutte auf Theres legen wollte. Später hieß es, Pater Pius sei weitergezogen. Es krähte kein Hahn nach ihm. Aber es dauerte noch eine Weile, bis Theres wieder gesund und kräftig war. Die Bäurin vermisste den Pater auch nicht, denn Glauben, Hoffen und Lieben, besonders sein Lieben, waren ihr zu viel geworden. Sie versöhnte sich mit Ruppert und ließ ihm wieder Bier und G’räuchertes zukommen. Theres und Ruppert wurden ein Paar; die Bäurin gab ihnen ihren Segen. Und Joseph, ihr lieber Sohn und

Hoferbe, kehrte eines Tages gesund und munter zurück. Er hatte sich nur ein wenig in der Welt umgeschaut. So kam alles zu einem guten Ende.

Anmerkung:
Nach einem Motiv von Johann Pollinger, aus Landshut und Umgebung, Oldenbourg 1908

Gabriele Kiesl

Bittere Wahrheit

Foto: Michael Cizek

Es war an einem windigen Herbstnachmittag, als mir die alten Fotografien meiner Oma wieder in die Hände fielen. Ich hatte sie nach ihrer Beerdigung zusammen mit Großvaters Halskette in eine Holzkiste gelegt und in meinem Bücherregal verstaut. Als ich die Kette heraushob, betrachtete ich lange das goldene Medaillon, auf dem das Abbild meiner Großmutter eingraviert war. Behutsam legte ich mir die Kette um den Hals und dachte an die vielen schönen Momente, die ich mit ihr erlebt hatte. Ich schloss die Augen und drückte das Medaillon an meinen Brustkorb. Das Edelmetall erwärmte sich schnell. Das beruhigte mich.

Neben dem Schmuckstück waren mir nur diese wenigen Fotos von meiner Großmutter geblieben. Ihre geliebte Spiegelreflexkamera hingegen war seit ihrem Tod verschwunden.

Monatelang war ich dieser Fotokiste aus dem Weg gegangen, aber heute fühlte ich mich stark genug, mich mit den Bildern zu befassen. Es fiel mir immer noch schwer, mich mit dem Tod meiner Großmutter und vor allem mit den Umständen ihres Todes auseinanderzusetzen. Zunehmend schottete ich mich von der Außenwelt ab. Anfangs hatte ich das nur getan, um unangenehmen Fragen aus dem Weg zu gehen, doch inzwischen war es mir zur Gewohnheit geworden.

*

Ein Foto nach dem anderen nahm ich in die Hand. Die Bilder zeigten meine Heimatstadt Cham aus verschiedenen Blickwinkeln: Mal war der Marktplatz zu sehen, mal das Biertor oder auch der Satzdorfer See. Nichts war vor meiner Großmutter und ihrer Jagd auf ausgefallene Motive sicher. Jedes einzelne Foto war kunstvoll komponiert und vermittelte Liebe zum Detail. Zu meiner Verwunderung befand sich weiter unten in der Kiste auch ein zusammengefaltetes Bild. Vorsichtig öffnete ich es. Das Motiv war nur schwer erkennbar. Eine Nachtaufnahme in Schwarz-Weiß. Ein Mann im Wald, der offenbar etwas vergrub, dahinter eine Kirche. Er schien eine Uniform zu tragen. Eine unheimliche Stimmung ging von diesem Foto aus. Mich gruselte. Als ich das Bild umdrehte, las ich laut vor, was darauf stand:

„Täter". Ich erschrak.

Ich stöberte weiter in der Kiste und fand noch mehr Fotos, die in und um den Wald aufgenommen worden waren. Einige zeigten die alte Kirche auf dem Kalvarienberg, manche ein paar Heiligenstatuen und andere das Waldesinnere. Sämtliche Aufnahmen waren in Schwarz-Weiß gehalten und spiegelten eine gruselige Stimmung wider.

Mir war plötzlich klar, dass ich mich zum Kalvarienberg aufmachen musste. Vielleicht konnte ich dort etwas Licht in das Dunkel von Omas letztem Tag und dabei auch endlich mein Leben wieder in Ordnung bringen. Ich rief meine Eltern an und informierte sie, dass ich noch kurz mit dem Hund rausgehen würde. In meiner Aufregung hatte ich ihren bevorstehenden Besuch ganz vergessen. Zur Not würden sie mir entgegengehen, sagte meine Mutter, denn der Berg war nicht weit von meinem Zuhause entfernt. Hastig packte ich den Stapel Fotos und ging damit aus dem Haus. T-Bone, mein Schäferhund, lag unter dem Apfelbaum. Als er die Leine in meiner Hand erkannte, sprang er auf und lief mir freudig entgegen. „T-Bone – aus! Benimm dich, hörst du? Guck mal hier!" Ich hielt meinem Vierbeiner die Bilder unter die Nase. Er schnüffelte kurz daran, winselte und wurde unruhig. Mir schien, als hätte er keine große Lust mehr, Gassi zu gehen.

„Was soll das? Wir sind doch gleich wieder zu Hause." Entschlossen zog ich an seiner Leine.

Stufe für Stufe arbeiteten wir uns von der ersten bis zur vierzehnten Station des Kreuzweges hinauf zu der kleinen Kirche mit den roten Backsteinziegeln. Das Laub raschelte unter meinen Füßen und T-Bone klebte Schutz suchend an meinen Beinen. Was war nur mit ihm los? Er war doch sonst nicht so ängstlich. Vielleicht beunruhigte ihn das mächtige Jesuskreuz, das vor uns in den Himmel ragte. Es war Teil eines Außenaltars. Im Halbdunkel davor erinnerten zwei Figuren an die Hinrichtungsstätte Jesu. Es dämmerte bereits. Nebel, so dicht wie das feine Netz einer Webspinne, lag blass und träge über dem Berg. Erneut nahm ich die Fotos aus meiner Tasche. Der Kreuzigungsweg, der Altar, die Kirche – alles sah genauso wie auf Omas Aufnahmen aus. Sogar die Tageszeit schien dieselbe zu sein. Mir wurde unwohl. Nur mein fester Wille, dem Ganzen auf den Grund zu gehen, ließ mich weitergehen. Der schmale Weg führte uns tiefer in den Wald, vorbei an der Kirche, immer näher zu dem ungefähren Standort, an dem der Mann auf dem Bild scheinbar etwas vergraben hatte. Ich hob einen langen knochigen Ast vom Boden auf und scharrte damit im Laub. Mein Herz pochte mir bis zum Hals, als ich nach einigen Minuten auf etwas Hartes stieß. Zitternd vor Angst sah ich nach, um was es sich handelte. Vorsichtig schob ich die letzten Blätter zur Seite und entdeckte eine alte Kamera. Es war Omas alte Spiegelreflex! Wie um alles in der Welt war sie hierhergekommen? Ich hob sie hoch, sah durch den Sucher und nahm den Wald ins Visier. Was ich dann erblickte, ließ mir das Blut in den Adern gefrieren. Ein lebloser Körper lag unweit vor mir bei einem Felsen. Erschrocken riss ich die Kamera weg und kniff meine Augen fest zu. Erst nach einer Weile traute ich mich, noch einmal hinzusehen, und blinzelte vorsichtig in dieselbe Richtung wie zuvor. Zu meinem Erstaunen lag vor mir nur der kahle Stein. Keine Leiche weit und breit. Tapfer wiederholte ich den Vorgang in Zeitlupentempo. Als ich durch den Sucher schaute, war erneut der tote Körper einer Frau zu sehen. Mein Herz pochte bis zum Hals. Panisch sah ich mich um. Ich musste schleunigst von hier verschwinden. Rückwärts, den Stein immer fest im Blick, trat ich den Rückzug an, doch das Wurzelwerk einer alten Buche brachte mich zu Fall. Plötzlich ging alles ganz schnell. Eine bedrohliche Dunkelheit umhüllte das gesamte Waldesinnere und der Boden schien zu beben. T-Bone riss sich jaulend von mir los und rannte davon. Mittlerweile war es stockfinster um mich herum und meine Panik wuchs. Mir fiel das Blitzlicht der Kamera ein. Ob die Batterien noch funktionierten? Weit von mir gestreckt hielt ich den Fotoapparat in

Richtung Wald und drückte auf den Auslöser. Auf allen Vieren wich ich so schnell es mir möglich war zurück und schrie so laut ich konnte um Hilfe. Was war nur los in diesem Wald? Wurde ich langsam verrückt?

Ich drückte weiter und weiter auf den Auslöser – überall schemenhafte Figuren! Sie standen bewegungslos zwischen den Bäumen und starrten mich mit leeren Augen an. Unweit des Altars erblickte ich eine weitere unheimliche Gestalt. Mit jedem einzelnen Blitzlicht kam sie näher. Endlich erreichte ich die Mauern der Kirche. Abermals blitzte ich wild um mich und schrie um Hilfe, doch niemand hörte mich. Schwer atmend lehnte ich mich mit dem Rücken an die kalte Kirchenmauer.

Mir fiel meine Oma ein und ich fragte mich, wie sie es damals trotz ihrer schweren Kopfverletzungen noch bis zu meiner Wohnung schaffen konnte. Ich entschied zu flüchten. Doch wohin? Ich versuchte, mich zu konzentrieren.

„Denk nach, Sophia. Denk nach!“, befahl ich mir selbst. Schritte kamen auf mich zu. Schleifende Schritte. Schauer liefen mir über den Rücken. Ich erinnerte mich an die nahegelegene Grabesgrotte. Karfreitags wurde der „Leichnam Christi“ von kirchlichen Helfern dorthin gebracht und im Grab aufgebahrt. Sie musste hier irgendwo unterhalb des Kirchengeländes sein. Das war meine Rettung. Ich musste zu dieser Grotte gelangen. Kurzzeitig wiegte ich mich in Sicherheit, doch als ich mich an der Kirchenmauer entlang tastete, begann der Alptraum erst richtig. Abrupt hörte der Wind auf und es wurde unheimlich still. Keinerlei Geräusche, kein Luftzug, absolute Dunkelheit. Nicht einmal Gerüche nahm ich wahr. Ich befand mich in einem Vakuum, ähnlich wie im Auge eines Tornados. Das Vakuum des Todes, dachte ich.

Mir war, als könnte ich die Verzweiflung spüren, die meine Oma empfunden haben musste. Als würde ich mich an das Gefühl selbst erinnern. Wie in Trance bewegte ich mich weiter in Richtung Grabesgrotte. Geführt von einem unglaublichen Willen, mein Ziel zu erreichen, kam ich dem Granitgewölbe näher, dicht hinter mir stets die schleppenden Schritte meines Verfolgers. Endlich erreichte ich das Tor der Grotte. Es war verschlossen.

Die Schritte kamen näher und näher. Erschöpft lehnte ich mich an die kalten Gitterstäbe des Tores. Ich konnte bereits seinen Atem spüren. „Ich werde nicht sterben, bevor ich dein Gesicht gesehen habe!", sagte ich entschlossen. Dann hob ich geräuschlos die Kamera und richtete sie direkt auf den Verfolger. Als ich den Auslöser drückte, setzte mein Herzschlag aus: Im Schein des Blitzlichtes sah ich zwei meerblaue Augen aufleuchten, tief wie der Ozean. Ich sah in die Augen meiner Großmutter.

Ich rang um Fassung. Sie streckte die Hände nach mir aus, und ich spürte, wie plötzlich die Gitterstäbe hinter mir nachgaben. Zischend schienen sie sich aufzulösen. Ich fiel rücklings in die Grotte und in Sekundenschnelle schlossen sich die Stäbe wie von Geisterhand wieder.

Starr vor Angst sah ich mich um. Außer mir schien niemand hier zu sein. Zitternd rief ich nach meiner Oma, als plötzlich ein Polizist vor der Gittertür stand. Erleichtert ging ich ihm entgegen.

„Oh Gott, bin ich froh, dass Sie da sind! Sie müssen mir helfen. Meine Oma, sie ist ...!", redete ich auf den Gesetzeshüter ein.

Wortlos kam er an das Gitter heran und starrte mit teerschwarzen Augen auf das Medaillon an meinem Hals. Plötzlich verzog er sein Gesicht zu einer hässlichen Fratze und begann, wütend an die Gitterstäbe zu hämmern.

„Du kannst dich nicht vor mir schützen! Niemals, hörst du?"

Panik kam in mir auf. „Wer sind Sie? Was wollen Sie von mir?"

Der Mond schien durch die dichte Wolkendecke und legte einen blassen Schleier über sein Gesicht.

„Das weißt du doch längst, du dumme Göre!"

Ich erstarrte vor Entsetzen.

„Sie sind der Mann auf dem Foto, nicht wahr?"

„Du bist eine ganz Schlaue, was? Hältst dich für noch cleverer als deine verdammte Großmutter, du Miststück!", keifte er.

„Sie haben sie auf dem Gewissen!" Ich begann zu weinen.

„Hör auf zu heulen, du dummes Ding. Heute bist du dran. Heute bringe ich es ein für alle Mal zu Ende."

Erneut rüttelte er an den Gitterstäben. Fluchend bückte er sich nach einem Stein und versuchte, damit das Schloss aufzuschlagen. Beherzt näherte ich mich der Tür und blickte ihm direkt in die Augen.

„Niemals! Niemals werde ich aufgeben!“, wiederholte ich. „Meine Oma ist hier. Sie wird mich beschützen!“

Schlagartig steigerte sich seine Stimmung in medusa-ähnlichen Zorn. Kreischend trat er mehrmals mit seinen schweren Stiefeln gegen die Gitterstäbe.

„Keine Bange, ich bin gleich wieder bei dir. Hol nur schnell Werkzeug und dann komm ich zu dir rein!“, schrie er, bevor er sich mit diabolischem Lachen entfernte.

Wieso war ich hier eingesperrt? Wollte mich meine Großmutter so vor ihm beschützen? Aber was, wenn er zurückkam?

Verzweifelt sah ich mich in der Grotte um. Wieso um alles in der Welt hatte ich nur mein Handy zu Hause vergessen? Plötzlich fuhr mir ein schriller Schrei durch Mark und Bein. Äste knarzten. Ich hielt den Atem an. Laut quietschend öffnete sich das Gittertor, und Schritte näherten sich. Ich schluckte, als diese direkt vor dem Grotteneingang Halt machten.

„Bist du bereit für die Wahrheit?“ Ich erkannte die Stimme meiner Oma sofort. Erleichtert streckte ich meine Hände nach ihr aus. Ich fragte nicht warum, ich reagierte nur noch.

„Ja. Ich bin bereit!“

„Dann lass dich von mir führen!“, flüsterte sie. Liebevoll nahm sie mich bei der Hand und ging voran. Ich folgte ihr und gab mich voll und ganz in ihre Obhut. Ihr Haar wehte im Wind und ein feiner Schein umgab ihren gesamten Körper, als ob ihre Aura leuchten würde. Was geschah gerade mit mir? Alles schien so irreal, als befände ich mich in einer Zwischenwelt. Nach einiger Zeit gelangten wir wieder hinauf zur Kirche. Erschöpft lehnte ich mich mit dem Rücken an die klamme Kirchenmauer.

„Sieh hindurch!“, hauchte sie und deutete auf die Kamera.

Mit zittrigen Händen hob ich sie in Augenhöhe und blickte durch den Sucher. Abermals sah ich den leblosen Körper.

Ich erstarrte.

„Bist du das?“, schluckte ich.

„Ja!“, sagte sie.

Ich sackte zusammen. „Warum? Warum hat er dir das angetan?“ Ich begann zu schluchzen.

Meine Großmutter kniete sich neben mich.

„Er ist krank, Sophia. Sehr krank. Er tötete uns völlig grundlos!“

„Uns?“

„Es sind noch mehrere Frauen hier verscharrt. Keine von ihnen konnte in den Armen ihrer Lieben sterben! Doch bei mir beging er einen Fehler. Er ließ mich am Boden liegen in dem Glauben, mich getötet zu haben. Daher konnte ich mich noch bis zu deiner Wohnung schleppen. Doch bevor ich dir seinen Namen sagen konnte, verließ mich die Kraft.“

Mir kamen die schemenhaften Gestalten in den Sinn, die ich durch die Kamera gesehen hatte. Der Wald war voll von ihnen. Verlorene Seelen!

„Wer ist er, Oma?“

Ich wollte nach ihrer Hand greifen, doch ich griff ins Leere.

„Wo bist du?“

Verzweifelt suchte ich meine Umgebung nach ihr ab, als ich von Ferne das Bellen von T-Bone hörte.

„Bone! Hier bin ich!“, rief ich so laut ich konnte.

Der Lichtkegel einer Taschenlampe näherte sich.

„Hallo? Wer ist da?“

„Wir sind’s, Sophia. Mama und Papa!“

Erleichtert nahm ich die Umrisse meiner Eltern im Lichtschein wahr.

„Oma ist ... sie war ...!“, stammelte ich.

„Wir wissen Bescheid, Kleines!“

Fragend blickte ich sie an.

„Ihr wisst es?“

Sie nickten.

„Und ... der Polizist?“, stotterte ich.

„Welcher Polizist?“

„Na, der Mann, der Oma umgebracht hat!"

Meine Eltern sahen mich verwirrt an.

„Aber Kleines, die Polizei weiß doch nicht, wer Oma umgebracht hat. Dazu gibt es immer noch nichts Neues. Sie haben uns nur gerade angerufen, dass sie heute Kleidungsstücke von ihr in diesem Waldstück gefunden haben!"

„Aber ... dieser Polizist ... er ...", stammelte ich und hielt das Foto, auf dem er zu sehen war, in den Lichtschein der Taschenlampe.

„Du meinst Polizeiobermeister Krätzer?" Verdutzt sahen sie sich an.

„Ihr kennt ihn? Er wollte mich gerade umbringen! Doch ich war in der Grotte gefangen und dann kam Oma und ...!"

Meine Eltern sahen mich entsetzt an. Dann entdeckte meine Mutter die Kamera in meiner Hand.

„Wo ... woher hast du die?", fragte sie fassungslos.

„Ich hab sie hier vorne im Laub gefunden!"

„Um Himmels Willen, das ist die Kamera meiner Mutter!"

„Das wird ja immer besser!", sagte mein Vater. Entschlossen zückte er sein Handy und wählte die Nummer der Polizei.

Nach wenigen Minuten kreuzten zwei Polizisten auf und ich musste ihnen die Geschehnisse der letzten Stunden erzählen. Anschließend suchten sie das Gelände ab und fanden Krätzers Leiche direkt vor dem Grotteneingang. Als mir einer der Polizisten mitteilte, dass auf dem Toten Omas Halskette lag, trafen mich seine Worte wie ein Blitz.

„Aber das ist unmöglich. Sie ist hier, sehen sie doch ... sie ist ...!"

Panisch tastete ich mit den Fingern mein Dekolleté ab, doch ich griff ins Leere. Die Goldkette war verschwunden.

Er deutete auf die Kamera.

„Haben Sie heute Aufnahmen damit gemacht?" Ich nickte stumm.

„Dann brauche ich Ihre Kamera als Beweisstück." Als er die Kamera an sich nehmen wollte, strich ich noch einmal mit den Fingern über das Gehäuse. Noch immer hatte ich viele unbeantwortete Fragen im Kopf, und es würde eine Weile dauern, bis ich alles verarbeitet hatte. Trotzdem fasste ich Mut bei dem Gedanken, dass es weit mehr Dinge zwischen Leben und Tod gibt, als wir wahrhaben wollen.

Ich streckte dem Polizisten Großmutters Kamera entgegen und fragte gefasst: „Sind Sie bereit für die Wahrheit?“

Julia Kathrin Knoll

Bis dass der Tod uns scheidet

Foto: Corinna Meister

Rainer Schöller war Finanzbeamter aus Leidenschaft. Die geordnete Welt der Zahlen und Formulare, der Register und Aktenordner war sein Element, und alles, was sich nicht durch Vorschriften und Tabellen erklären ließ, war ihm zutiefst suspekt.

Daher stand er nun auch mit äußerst gemischten Gefühlen vor dem Zimmer Nummer 2.07 des Regensburger Finanzamtes und starrte skeptisch auf das Plastikschild an der Tür. *Frau Dr. Lydia Kühne,* verkündete es. *Sonderbeauftragte für parapsychologische Raumpflege.*

Er hätte schwören können, hinter dieser Tür befände sich nichts als ein Abstellraum für Putzutensilien, musste sich aber eingestehen, dass er bisher auch immer nur flüchtig daran vorbeigelaufen war. Es war sein direkter Vorgesetzter, der ihm den Termin mit Frau Dr. Kühne aufgedrängt hatte. Aufgrund gewisser … nun … *Vorkommnisse*, die sich in letzter Zeit an seinem Arbeitsplatz ereignet hatten.

Schöller selbst sah diesem Termin mit äußerster Skepsis entgegen. Parapsychologische Raumpflege? Er hatte keine Vorstellung davon, was dieser Begriff bedeuten sollte, konnte sich aber des Eindrucks nicht erwehren, dass es sich um ausgesprochenen Humbug handelte.

Seufzend klopfte er an die Tür und trat mit einem erzwungen energischen Schritt ein, nachdem ein freundlich neutrales „Ja, bitte!“ erklungen war.

Das Innere des Zimmers überraschte ihn. Er wusste nicht genau, was er eigentlich erwartet hatte, eine düstere Kammer vielleicht, den schweren Duft nach Räucherstäbchen oder anderen New Age Kram. Raum Nummer 2.07 jedoch erwies sich als völlig gewöhnliches Büro mit zwei PC-Arbeitsplätzen, einem Regal voller Aktenordner und einem hellgrauen Schrank in der Ecke.

An einem der PCs saß eine junge Frau im eleganten Kostüm, an dem anderen ein blasser, schwarzhaariger Junge, der gebannt auf den Bildschirm starrte und Schöller nicht einmal zu bemerken schien. Die Frau hingegen erhob sich mit einer geschmeidigen Bewegung, lächelte unverbindlich und streckte ihm eine zierliche, gepflegt wirkende Hand entgegen.

„Grüß Gott, Herr Schöller."

„Frau Dr. Kühne?" Ein wenig unsicher schüttelte er die Hand der Dame, die so gar nicht der Vorstellung entsprach, die er sich von ihr gemacht hatte. Er hatte eher an eine hässliche alte Hexe gedacht. Oder an eine übergewichtige Esoterik-Tussi mit Turban und wallenden Gewändern.

Tatsächlich aber war Dr. Kühne eine äußerst attraktive Frau mit blondem Kurzhaarschnitt, hellgrünen Augen und sinnlichen, rot geschminkten Lippen.

Schöller spürte, wie eine unangemessene Hitze seine Wangen emporkletterte. Wenn Dr. Kühne seine Reaktion bemerkte, so überspielte sie sie jedoch gekonnt. Knapp nickend bot sie ihm einen Platz an, und er setzte sich zögerlich.

„Darf ich Ihnen meinen Azubi Mark Winkler vorstellen?", fragte sie und deutete in einer höflichen Geste auf den dunkelhaarigen Jungen, der verschreckt von seinem Bildschirm aufsah und nur einen halblaut gemurmelten Gruß zustande brachte. „Ich hoffe, es stört Sie nicht, wenn er bei unserem Gespräch anwesend ist."

„Nein, natürlich nicht." Hastig schüttelte Schöller den Kopf und fragte sich flüchtig, welche Art Ausbildung der junge Mann hier wohl erhalten mochte. Und in welchem Gebiet hatte Dr. Kühne eigentlich promoviert? War *parapsychologische Raumpflege* überhaupt ein zugelassenes Studienfach an deutschen Universitäten?

Die Situation fühlte sich zunehmend absurder an. Beklommen beobachtete er, wie Dr. Kühne ebenfalls Platz nahm und dabei ihre bemerkenswert wohlgeformten Beine übereinanderschlug.

„Also, Herr Schöller“, bemerkte sie im professionell einfühlsamen Tonfall einer Ärztin, die mit einem Patienten sprach, „was führt Sie zu mir?“

„Nun, es gab gewisse ... ähhh ...“, Schöller schämte sich, es auszusprechen, „unerklärliche Phänomene ... in ... in meinem Büro.“

„Verstehe.“ Dr. Kühne nickte sachlich und griff nach Schreibblock und Papier, um sich Notizen zu machen. „Was für Phänomene?“, fragte sie interessiert.

„Tja, also ...“ Wieder zögerte er zu antworten. „Zuerst waren es nur Kleinigkeiten“, erklärte er dann, von Dr. Kühnes aufmunterndem Lächeln ermutigt. „Mysteriöse Klopfgeräusche, ein ständig wiederkehrender Luftzug bei geschlossenem Fenster, eine seltsame Kälte im Raum trotz voll aufgedrehter Heizung ...“ Er kam sich selbst ein wenig albern vor, während er davon erzählte. Dr. Kühne jedoch hörte aufmerksam zu, ohne zu unterbrechen, und kritzelte dabei eifrig auf ihren Block.

„Zuerst dachte ich noch an Baupfusch, Kältebrücken und Ähnliches!“, fuhr Schöller fort. „Aber dann begann sich der Computer immer wieder von selbst an- und auszuschalten, ebenso wie der Drucker und andere technische Geräte. Seltsame Botschaften erschienen auf dem Bildschirm meines PCs. Es war kein Virus und kein technischer Defekt, das haben die Kollegen aus der EDV-Abteilung bestätigt! Und dann verschwanden plötzlich Gegenstände, die ebenso plötzlich wieder auftauchten. Schubladen öffneten sich, Akten fielen ohne jeden Anlass aus dem Schrank ...“ Er schauderte heftig. „Wissen Sie, ich habe nun schon mehrmals das Büro gewechselt, aber es ist überall das Gleiche! Halten Sie mich jetzt bitte nicht für verrückt oder so ...“ Er lachte nervös. „Selbstverständlich glaube ich an eine natürliche Erklärung, einen Scherz von Kollegen, zum Beispiel, aber ...“

„Aber Sie konnten eine solche Erklärung bisher nicht finden“, vollendete Dr. Kühne den Satz.

Schöller nickte.

„Sie werden keine finden." Dr. Kühne lächelte, mit einem Mal seltsam triumphierend. „Wie lange leben Sie schon hier in Regensburg?", fragte sie plötzlich, scheinbar zusammenhanglos.

„Ähh ... seit zwei Monaten." Aus privaten Gründen hatte er sich vor kurzem hierher versetzen lassen. Doch diese Gründe wollte er hier nicht näher erläutern, ja, er wollte am liebsten nicht einmal mehr daran denken. Nervös drehte er an seinem Ehering herum.

Dr. Kühnes Augen verengten sich zu schmalen Schlitzen, beinahe so, als könne sie in diesem Moment sogar seine geheimsten Gedanken lesen. „Und vorher hatten Sie keinerlei Probleme mit derartigen Phänomenen?"

„Nein."

„Sind Sie mit der Geschichte der Stadt vertraut?" Sie musterte ihn durchdringend, und ihre grünen Augen schienen dabei regelrecht zu glühen, ihn zu durchforsten, bis in die tiefsten Tiefen seiner Seele vorzudringen.

Schöller schüttelte unbehaglich den Kopf.

„Wissen Sie", erklärte Dr. Kühne nüchtern, „die Straße, in der sich das Finanzamt befindet, heißt nicht zufällig Galgenbergstraße. Früher war hier in der Gegend tatsächlich eine Hinrichtungsstätte."

„Aha." Schöller begriff nicht, worauf sie hinauswollte, hatte aber ein immer übleres Gefühl bei der Sache.

„Hinzu kommt, dass Finanzämter Orte sind, mit denen die meisten Menschen eher Negatives verbinden", fuhr Dr. Kühne fort und spielte dabei mit dem Bleistift in ihrer Hand. „Viele Leute hegen einen gewissen Groll gegen das Finanzamt, ja, ängstigen sich sogar vor dessen Mitarbeitern."

Schöller schnaubte verächtlich. Wer das Finanzamt scheute, war in seinen Augen entweder ein Betrüger oder ein schluderiger Taugenichts. Anständige Menschen, die brav ihre Steuern zahlten und gewissenhaft ihre Formulare ausfüllten, hatten von seinesgleichen schließlich nichts zu befürchten!

„Was ich damit sagen will, Herr Schöller", erklärte Dr. Kühne geduldig. „Wir befinden uns hier an einem Ort, der geradezu angefüllt ist mit negativer spiritueller Energie. Solche Orte sind sehr anfällig für übernatürlichen Schädlingsbefall."

„Schädlingsbefall?" Entsetzt riss Schöller die Augen auf. „Sie meinen Ratten, Schaben und Ähnliches?" Es schüttelte ihn schon allein bei der Vorstellung.

„Ich meine Poltergeister, Dämonen, verlorene Seelen …" Dr. Kühne wedelte mit der Hand in der Luft herum, um anzudeuten, dass sie die Liste noch ewig fortsetzen könnte.

„Sie … Sie wollen also behaupten, dass es in meinem Büro tatsächlich spukt?"

Dr. Kühne blinzelte irritiert. „Aber natürlich!", erklärte sie unwirsch. „Deswegen sind Sie doch hier, oder nicht? Sie wollen, dass ich Sie von einem Geist befreie?"

Wieder starrten ihn die katzengleichen Augen an, als könnten sie tief in sein Herz blicken. Schöller rutschte unbehaglich auf dem Stuhl hin und her und einen Moment lang sah er sich selbst aus ihrer Perspektive: ein Mann mittleren Alters, dunkelhaarig, untersetzt. Ein Durchschnittstyp, der auf den ersten Blick niemandem aufgefallen wäre. Hätte man eine Besonderheit an ihm bemerken wollen, wären es allenfalls die über die Maßen akkuraten Bügelfalten seiner Hose, der streng gestärkte Kragen seines Hemdes oder die perfekt polierten Lederschuhe gewesen. Rainer Schöller verabscheute jegliche Form der Unordnung. An sich selbst und bei anderen. Die Akten in seinem Büro hatten nicht das kleinste Eselsohr, kein Flöckchen Staub verunzierte die Regale, und nicht der winzigste Kaffeefleck war auf seinem Schreibtisch zu finden.

Dies alles schien Dr. Kühne mit nur einem Blick zu durchschauen, und auch die Schatten unter seinen Augen entgingen ihr nicht, ebenso wenig der goldene Ehering an seinem Finger. Der Ring, den er trotz allem noch immer trug …

„Keine Sorge, Herr Schöller", unterbrach sie abrupt seine wirren Überlegungen. „Wir haben hier reichlich Erfahrung mit solchen Dingen. Sie werden sehen, Ihr paranormales Phänomen haben wir innerhalb kürzester Zeit ausgetrieben!"

„Ausgetrieben?“ Schöller runzelte die Stirn. „Also sind Sie eine Art … übernatürlicher Kammerjäger?“ Hätte ihn Dr. Kühne nicht so streng gemustert, hätte er jetzt vielleicht sogar gelacht.

„Ich bevorzuge die Bezeichnung *Medium*“, korrigierte sie ihn in überheblichem Tonfall, der einen Hauch von Ärger in ihm aufwallen ließ. „Also wollen Sie nun, dass ich Ihnen helfe, oder nicht?“, fügte sie schnippisch hinzu.

Schöller, der sich mit dem Gedanken, es tatsächlich mit einem *Geist* zu tun zu haben, noch immer nicht recht anfreunden konnte, nickte zögerlich.

„Gut.“ Dr. Kühne lächelte zufrieden. „Versuchen Sie es zuerst hiermit.“ Schwungvoll öffnete sie eine ihrer Schreibtischschubladen und streckte ihm einen winzigen Gegenstand hin.

Schöller runzelte die Stirn. „Ein Knopf? Wollen Sie mich auf den Arm nehmen?“

„Gewiss nicht.“ Seine Empörung perlte an ihr ab wie Wassertropfen an Entengefieder.

„Nehmen Sie ihn.“ Energisch drückte sie ihm das Ding in die Hand. „Platzieren Sie ihn gut sichtbar auf Ihrem Schreibtisch. Vertrauen Sie mir, ich weiß, was ich tue.“ Wieder huschte dieses seltsam wölfische Lächeln über ihr Gesicht. Unvermittelt stand sie auf, gab ihm damit diskret zu verstehen, dass das Gespräch sich seinem Ende zuneigte. „Nächste Woche sehen wir dann weiter.“ Mit einer unverbindlichen Geste komplimentierte sie ihn hinaus: „Auf Wiedersehen, Herr Schöller. Wenn Sie mich nun entschuldigen würden? Ich habe noch einen Termin.“

*

Der Knopf half nicht. Schöller hatte auch nichts anderes erwartet. Das Ganze war doch sowieso totaler Schwachsinn! Er hatte ja zugegebenermaßen keine Ahnung vom Austreiben böser Geister, aber ein Knopf? Wer hätte je davon gehört, dass man Spukgestalten mit einem simplen Hemdknopf in Schach halten konnte?

Erbost brachte Schöller das Ding drei Tage später zurück, nachdem die Akten E bis I ganz von selbst und wie in Zeitlupe, fast so, als würden sie einer perfiden Choreographie folgen, aus dem Regal gerutscht waren.

Frau Dr. Kühne beantwortete seine Beschwerden nur mit einem milden Lächeln – und drückte ihm eine Dose Raumspray mit Lavendelduft in die Hand. Ein außergewöhnlich wirksames Mittel gegen Spukgestalten, wie sie ihm versicherte.

Das Raumspray allerdings hatte ebenso wenig Effekt auf die seltsamen Ereignisse wie der Knopf. Auch eine blassgelbe, langstielige Rose konnte nicht verhindern, dass am Freitagvormittag sämtliche Schubladen seines Schreibtisches wie auf ein stummes Kommando hin aufglitten.

Mit einem nur halb unterdrückten Schreckensschrei sprang Schöller von seinem Bürostuhl. Der Schreibtisch zitterte und wackelte, als erschüttere ein Erdbeben das gesamte Gebäude. Ein Bleistiftanspitzer erhob sich, buchstäblich von Geisterhand getragen, schoss pfeilschnell auf ihn zu und klatschte auf der gegenüberliegenden Seite des Zimmers gegen die Wand, sein Gesicht nur knapp verfehlend.

Verdammt! Das hier war ja schlimmer als alles zuvor! Mit wild klopfendem Herzen stand Schöller in der Mitte des Zimmers, als hätte der Schreck ihn dort festgeklebt.

Der Bildschirm seines Computers flackerte.

MÖRDER, leuchtete es in grellweißen Lettern auf dem Desktop auf. Schöller wich keuchend zurück, bis er mit dem Rücken gegen die Wand stieß. Etwas tropfte von oben auf seine zitternden Hände herab, warm, rot und klebrig.

Blut? Entsetzt legte er den Kopf in den Nacken. Über ihm an der Decke hatte sich ein gewaltiger, purpurner Fleck ausgebreitet. Darin zu lesen waren ganz deutlich die Buchstaben: M Ö R D E R.

Ein weiterer Schrei entrang sich seiner Kehle. Atemlos hetzte er zur Tür, wollte nach draußen stürzen, aber die Tür ließ sich nicht öffnen, so sehr er auch zerrte und rüttelte. Kälte breitete sich im Raum aus, ein fauchender Windstoß wirbelte die Akten und Formulare auf seinem Tisch durcheinander, ließen sie durch die Luft wehen wie überdimensionierte Schneeflocken.

Und dann, als wäre er aus einem bösen Traum erwacht, war es plötzlich still. Die Blätter flatterten zu Boden, bedeckten ihn wie Leichentücher. Der Tisch hörte auf zu wackeln. Nur der Fleck an der Decke blieb, und vom Fenster her wehte ein leiser Hauch zu ihm herüber.

Vom Fenster?

Er war sicher, es war die ganze Zeit über fest geschlossen gewesen. Jetzt stand es sperrangelweit offen, ebenso wie die Schubladen seines Schreibtisches.

„Ich sehe schon, wir haben es mit einem hartnäckigen Fall zu tun", sagte eine ruhige Stimme von der Tür aus, und Dr. Kühne trat mit wiegenden Schritten herein. Ihre grünen Augen fixierten Schöller, schienen zu leuchten dabei.

„Hartnäckig?" Schöller spürte, wie sein Schrecken in Wut umschlug. „Ihre komischen Utensilien nutzen überhaupt nichts! Sehen Sie sich mein Büro an! Komplett verwüstet!"

„Ich sagte ja schon, hartnäckig." Ein sonderbar kühles Lächeln umspielte ihre Lippen. „Der Knopf, das Lavendelspray, die Rose …" Langsam trat sie einen Schritt näher. „Ich habe Ihnen ganze drei Hinweise gegeben, Schöller. Und noch immer haben Sie nicht begriffen?" Ihre Augen verengten sich, katzenhaft, raubtierhaft.

„Ich?" Ungläubig starrte Schöller sie an. „Wollen Sie damit etwa behaupten, dieses Chaos hier wäre *meine* Schuld?"

Dr. Kühne trat einen weiteren Schritt auf ihn zu, sodass er ein Stück vor ihr zurückweichen musste. „Ihre Frau ist vor drei Monaten gestorben, nicht wahr?", fragte sie unvermittelt. „Sie hat sich umgebracht." Letzteres war keine Frage mehr. Es war eine Feststellung.

Schöller spürte einen Stich in der Brust. „Was … was hat meine Frau damit zu tun?", stammelte er fahrig. „Meine Frau war krank. Sie hatte Depressionen!"

„Wirklich nur das?" Eine von Dr. Kühnes Augenbrauen rutschte steil nach oben. Anklagend glitt ihr Blick zur Zimmerdecke, wo sich noch immer ein dunkler Fleck rostroten Blutes ausbreitete.

Mörder …

„W-w-was soll das heißen?", kreischte Schöller unbeherrscht. „Wollen Sie mir etwa unterstellen, ich hätte meine Frau *getötet*? Es war eindeutig Suizid, da können Sie jeden fragen!"

„Ja, das ist wahr …" Gelassen betrachtete Dr. Kühne ihre eigenen Fingernägel, als gebe es darauf etwas besonders Spannendes zu entdecken. „Aber Sie hatten einen nicht unerheblichen Anteil daran, nicht?"

Wieder fuhr ein Windstoß durch das Büro, obwohl die Luft draußen vollkommen unbewegt war.

„Was?!" Schöller fuhr auf. „Aber das ist doch … das ist doch lächerlich! Was reden Sie denn da für einen Unsinn?"

Dr. Kühne schnitt ihm mit einer energischen Handbewegung das Wort ab. „Wegen eines abgerissenen Hemdknopfs, den sie übersehen hat, haben Sie im Sommer drei Tage lang kein Wort mit ihr gesprochen", erklärte sie kalt. „Auch an ihrem Geburtstag nicht! Als Ihre Frau einmal vergessen hat, Raumspray einzukaufen, haben Sie ihr eine entsetzliche Szene gemacht! Und letztes Jahr zu Weihnachten, da haben Sie ihr eine Küchenmaschine geschenkt!"

Ein verächtlicher Ausdruck zuckte über Dr. Kühnes Gesicht. Schöller hatte keine Ahnung, woher sie das alles wusste. Das Bedürfnis, sich zu rechtfertigen, war jedoch stärker als alles andere.

„Was ist denn an einer Küchenmaschine so falsch?", schleuderte er Dr. Kühne ärgerlich entgegen und zuckte empört mit den Schultern. „Sie war eben keine gute Hausfrau! Ich wollte doch nur …"

„*Sie*", zischte Dr. Kühne, und in ihren Augen flackerte es, als würden unsichtbare Kerzen in ihren Pupillen brennen, „haben mit Ihrer Pedanterie, Ihrer Kaltherzigkeit und Ihrem Ordnungswahn Ihrer Frau das Leben zur Hölle gemacht!"

Der Schreibtisch auf der gegenüberliegenden Seite des Zimmers begann heftig zu wackeln, als wolle er ihr zustimmen.

„Das ist nicht wahr!“, schrie Schöller.

„Ihre Frau liebte gelbe Rosen, nicht?“, fuhr Dr. Kühne unbarmherzig fort. „Aber Sie haben ihr nie welche geschenkt! Sie sind nie mit ihr ausgegangen, hatten nie eine freundliche Geste für sie übrig, nie ein nettes Wort oder Kompliment! Stattdessen haben Sie sie stundenlang die Küche schrubben und Ihre Hemden bügeln lassen! Und wenn Sie hörten, wie sie im Schlafzimmer weinte, dann haben Sie einfach nur den Fernseher lauter gedreht, um es nicht mit anhören zu müssen!“

Die grünen Augen durchbohrten ihn wie Messerklingen. Schaudernd wich Schöller vor Dr. Kühne zurück, bis er mit dem Rücken gegen den Rahmen des geöffneten Fensters stieß.

„Aber … aber sie hätte mich ja einfach verlassen können, wenn es doch ach so schrecklich mit mir war!“, gab er mit dem letzten Rest von Stolz in seinem Inneren zurück.

Dr. Kühnes Miene wurde kalt wie Marmor, das Leuchten in ihren Augen erlosch. „Das stimmt, aber das konnte sie nicht“, erklärte sie tonlos. „Aus unerfindlichen Gründen muss sie Sie wohl trotzdem geliebt haben. Sie aber, Herr Schöller, haben die Liebe Ihrer Frau mit Füßen getreten, bis sie keinen anderen Ausweg mehr sah, als sich die Pulsadern aufzuschneiden!“

Schöller starrte auf den roten Fleck an der Decke. Der Fensterrahmen in seinem Rücken schien sich plötzlich mit eisigen Krallen in seine Haut zu bohren. „Und … und … was erwarten Sie nun von mir?“, stammelte er mit zugeschnürter Kehle. „Soll ich etwa vor Ihnen zu Kreuze kriechen, nur weil ich ein wenig Ordnungssinn von meiner Frau verlangt habe?“ Trotzig blies er die Luft durch die Nasenflügel aus.

„*Ihrer Frau*, Schöller“, antwortete Dr. Kühne betont, und das Glimmen in ihrem Blick flammte erneut auf, „würde es schon genügen, wenn Sie ein wenig Schuldbewusstsein, nur ein Fünkchen Reue zeigen würden!“

Mit einem Mal war sie so nah, dass Schöller ihren warmen Atem spüren konnte. Ein Hauch ihres Parfums streifte ihn. Es war dasselbe Parfum, das auch seine Frau oft benutzt hatte, ein süßlicher Duft, den er nie an ihr gemocht hatte.

Schöller wollte noch weiter zurückweichen, aber es gab keinen Platz mehr zwischen ihm und dem Fensterrahmen. Sie hatte ihn in die Enge gedrängt. Keuchend schnappte er nach Luft. „Aber das … das alles war doch nicht meine Schuld!", rief er verzweifelt. „Ich habe es doch nie böse gemeint! Ich … ich kann doch nichts dafür, wenn … wenn …"

Mit einem Mal blieb ihm der Atem weg. Etwas legte sich um seinen Hals wie eine unsichtbare Hand, drückte auf seine Kehle, seine Brust. Dr. Kühnes Augen leuchteten. Sie stand jetzt ganz dicht vor ihm, doch sie berührte ihn nicht.

Über ihr prangte noch immer der Blutfleck. MÖRDER, hieß es dort oben an der Wand. *Mörder!*, schien es aus Dr. Kühnes Augen zu sprühen.

Mörder!, schrie eine lautlose Stimme in seinem Kopf. *Du hast deine Frau in den Tod getrieben mit deiner gefühllosen, pedantischen Art! Mörder! Mörder! MÖRDER!*

Kreischend schlug Schöller die Hände vors Gesicht, taumelte, stolperte hilflos rückwärts, spürte, wie er das Gleichgewicht verlor – und fiel wie ein Stein durch das Fenster in die Tiefe.

*

„Was genau ist mit diesem Schöller eigentlich passiert?"

Zwei Tage nach Rainer Schöllers Unfall legte Azubi Mark Winkler im Büro Nummer 2.07 stirnrunzelnd die aktuelle Ausgabe der Mittelbayerischen Zeitung auf den Tisch.

Tod durch Fenstersturz, lautete die Schlagzeile auf der Titelseite des Regionalteils. *Finanzbeamter in Regensburg unter mysteriösen Umständen zu Tode gekommen.*

Fragend blickte der Junge seine Chefin an.

Dr. Kühne wandte sich auf ihrem Drehstuhl zu ihm um. „Er wurde Opfer seiner eigenen Dämonen", erklärte sie nüchtern. „Weißt du, manchmal ist es nicht dieses Gebäude allein, das die Geister anzieht. Manchmal sind es die Menschen selbst, die sie mit sich bringen."

„Dann war dieser Mann wirklich schuld am Tod seiner Frau?"

„Das spielt keine Rolle, mein Junge." Dr. Kühne lächelte versonnen. „Ganz tief in seinem Inneren *wusste* er, dass er seiner Frau Unrecht getan hatte. Aber er war zu stolz, zu blind und zu überheblich, um sich dies einzugestehen. Es war dieser verheerende psychische Konflikt, der der Spukgestalt ihre Macht verlieh." Ihr Lächeln wurde weicher. „Nicht nur der Tod allein erschafft Geister. Manchmal sind es auch die Lebenden, die dazu beitragen."

Der Junge runzelte die Stirn. „Aber musste der Mann deshalb gleich sterben? Ist das nicht ein wenig zu hart?"

„Es war seine eigene Entscheidung." Dr. Kühne zuckte mit den Schultern. „Ich habe ihm drei Hinweise gegeben. Drei Chancen, sich seines Konfliktes bewusst zu werden. Wer weiß, vielleicht hätte ein simples *Es tut mir leid* ja schon ausgereicht, um den Geist seiner Frau zu besänftigen? Schöller aber hat keine seiner Chancen genutzt."

In melancholische Gedanken versunken, zeichnete sie mit dem Finger Muster auf die Akte auf ihrem Tisch, blickte plötzlich auf und fügte mit veränderter Stimme hinzu: „Davon abgesehen, mein Junge: Es ist nicht unsere Aufgabe, uns um das Wohlbefinden der Lebenden zu kümmern. Es ist unsere Aufgabe, den Toten zu geben, was sie brauchen, um freiwillig hinüberzugehen in die andere Welt. Damit sie dieses Gebäude hier in Ruhe lassen."

Mark Winkler nickte verstehend. „Und der Geist der Frau? Was ist mit ihm geschehen?"

Dr. Kühne blickte auf. „Frau Schöllers Geist hat seine Rache bekommen", erklärte sie ruhig. „Er konnte nun unsere Welt verlassen und ins Jenseits eingehen."

„Und Herr Schöller?", fragte der Junge.

Seine Chefin seufzte tief. „Wenn wir Pech haben, sind seine spirituellen Überreste das Nächste, was dieses Gebäude kontaminieren wird. Wenn wir aber Glück haben, ist er im Jenseits bereits wieder mit seiner Frau vereint."

„Seiner Frau?" Erschrocken riss der Junge die Augen auf. „Sie meinen, diese beiden werden am Ende doch wieder aufeinandertreffen?"

Dr. Kühne zuckte erneut mit den Schultern. „Bis dass der Tod uns scheidet", bemerkte sie lapidar. „Und manchmal …" Sie lächelte vieldeutig. „Auch darüber hinaus." Mit einer geschmeidigen Bewegung erhob sie sich. „Aber das soll für den Augenblick nicht unser Problem sein!"

Zufrieden nahm sie die Akte Schöller vom Tisch, klappte sie zu und stellte sie ordentlich zu den anderen ins Regal.

Carola Kupfer

Totholz

Foto: Michael Koob

Er war zum ersten Mal wieder hier. Über sechzig Jahre hatte es gedauert. Eine lange Zeit. Und trotzdem war er sofort wieder vom Zauber des Parks gefangen. Als wäre in der Zwischenzeit nichts geschehen, lediglich die Bäume und Hecken ein wenig gewachsen. Wie damals schien der Garten beinahe leer, nur ein paar Mütter spielten hier mit ihren Kindern. Die ersten Narzissen und Tulpen standen bereits in Blüte, während die letzten Krokusse sich der Sonne entgegenreckten. Das Gras war noch nicht aus dem Winterschlaf erwacht, an einigen Stellen lag es unter dem vermodernden braunen Laub vom letzten Herbst verborgen.

Interessiert sah er sich um: Die Wege, Bäume, Hecken und Pflanzen wurden gepflegt, das sah man, wenn auch nicht so sorgsam wie damals. Doch augenscheinlich bemühte man sich, die ursprünglichen Pläne und Anlagen zu berücksichtigen. Davon verstand er etwas. Nicht schlecht, die Sichtachsen waren fast alle noch da, nur die Bänke hatte man ausgetauscht: Die alten weißen und schweren Holzbänke hatten modernen Plastikvarianten weichen müssen. Nun ja, immerhin ähnelten sie den alten Vorbildern. Erstaunt stellte er fest, dass sie willkürlich im Park herumstanden, so als ob ...

Er wischte den Gedanken schnell zur Seite und wandte seine Aufmerksamkeit dem Palais zu. Es war nicht mehr bewohnt. Eine Firma hatte hier nun ihren Sitz, sehr herrschaftlich. Er hatte darüber irgendwann gelesen und sich gefragt, was aus den Menschen geworden war, die damals dabei gewesen waren. Immer hatten im Palais Familien gelebt, waren Kinder und Enkel durch die hohen und hellen Räume gerannt. Besucher waren gerne gesehen und angemessen in der Eingangshalle empfangen worden. Doch nun war der ehemalige Haupteingang des Anwesens verwaist; anscheinend benutzte man nur noch die Gartenseite.

Ein heftiger Ruck riss ihn aus seinen Gedanken.

„Entschuldigung, aber der Weg …“, stammelte die junge Frau, die seit geraumer Zeit seinen Rollstuhl über die feuchten Kieswege schob. An dieser Stelle stieg er leicht an und ein Reifen hatte sich im Boden verkantet. Ächzend bemühte die Frau sich darum, ihn zu befreien. Besonders geschickt stellte sie sich dabei nicht an. Er gab ihr ein paar knappe Anweisungen und half so gut es ging. Endlich bewegte der Rollstuhl sich wieder. Die Frau schob ihn schnaufend weiter. Er nahm ihren leichten Schweißgeruch hinter sich wahr und beschloss, sie bei nächster Gelegenheit durch eine andere Kraft zu ersetzen. Es spielte ohnehin keine Rolle.

Er schloss die Augen und lauschte den Geräuschen des Parks. Sofort war er wieder in dieser anderen Welt. Er hörte das Klopfen der Spechte und das wütende Keckern der Eichelhäher, von denen es schon damals so viele gegeben hatte. Dazwischen trällerten die Amseln um die Wette, ab und zu drang das Gurren einer Taube durch. Die Schritte der jungen Frau und das Schaben und Kratzen der Reifen im Kies wurden leiser, dafür der Duft des Gartens stärker. Er roch das junge Moos, die ersten süßen Blüten und das unverwechselbare Grün der Wiese. Ab und zu bemerkte er auch einen Hauch Verwesung darunter, moderndes Laub wahrscheinlich und abgestorbenes Holz. Totholz. Ob es immer noch hinten am Gärtnerhaus und bei den Buschbuchen gelagert wurde?

Er wies der jungen Frau den Weg dorthin. Der Gartenpavillon fiel ihm als erstes ins Auge; es gab ihn also noch. Und auch das andere, sein Haus, stand noch. Man hatte es jedoch verändert, modernisiert – und es war bewohnt. Sicherlich nicht von einem der Parkgärtner, vielmehr wirkte es wie ein Familienhaus. Wahrscheinlich auch mit Kindern.

Die junge Frau hinter ihm schwitzte. Kein Wunder: Die Aprilsonne war heute erstaunlich warm, auch wenn sie nur ab und zu hinter den dicken Wolken hervorkam. Eigentlich ein schöner Tag, die Natur im Frühlingsrausch. Warum nur konnte er den Park nicht alleine durchwandern? Seinen Garten, sein kleines Paradies. Er wollte den weichen, federnden Boden unter seinen Füßen spüren, das leise Knacken des Reisigs und das Rascheln der herabgefallenen Blätter, nur ein einziges Mal noch. Stattdessen ließ er sich von einer unangenehm riechenden Pflegerin über die Wege schieben, die er schon damals praktisch nie benutzt hatte. Weshalb nur war er noch einmal hierhergekommen? Es machte keinen Sinn.

Plötzlich verdunkelte sich der Himmel. Er spürte die Bedrohung sofort. Schlagartig waren sämtliche Vogelstimmen im Park verstummt. Stille oben in den Bäumen, nur noch das Schleifen und Kratzen seiner Reifen auf dem Kies – und die Mütter. Sie riefen hektisch nach ihren Kindern, die ihr Spiel nicht unterbrechen wollten und lautstark protestierten. Aufbruchsstimmung, leise Panik, Geschrei.

Es war alles wieder da. Er hörte die Stimmen der Kinder, das helle Lachen des Mädchens. So war es damals auch gewesen. Sie hatten ein Picknick gemacht und einen Platz auf der Wiese vor den Buschbuchen gewählt: der Administrator Karl von Andrian und seine Gattin mit ihrer Enkeltochter, die zu Besuch war, und ihre Gäste. Feine Leute waren es gewesen, ungarischer Adel, hieß es, und sie hatten vier Kinder mitgebracht: drei Söhne im Alter von neun bis zwölf Jahren und Elisabeth, die achtjährige Tochter. Ein zauberhaftes Mädchen mit langem, dunkelblondem Haar, einer natürlichen Anmut, fast schon feenhaften Gesichtszügen und einer entzückenden Stupsnase. Dennoch war sie das Sorgenkind der Familie, denn sie sprach kein einziges Wort. Ob dahinter eine Krankheit steckte oder ein Erlebnis, das ihr die Stimme geraubt hatte, vermochte niemand so recht zu sagen. Von Magda, dem Kindermädchen, hatte er nur erfahren, dass Elisabeth reizend war und sich ganz normal verhielt. Sie redete eben nicht, das war alles.

„Es wird regnen. Oder sogar gewittern!" Die Pflegerin klang verängstigt und er spürte, wie sie sich schutzsuchend umsah. „Wir sollten dort im Gasthaus ..."

„Gehen Sie!" Seine Stimme klang heiser und barsch. „Gehen Sie dorthin. Ich bleibe hier!"

„Aber ich kann Sie doch nicht …“ Die junge Frau begann zu stottern.

„Doch. Lassen Sie mich. Nun lassen Sie mich doch in Ruhe! Verschwinden Sie!“ Seine Stimme überschlug sich und die Pflegerin eilte weinend davon.

Endlich allein. So gut es eben ging, steuerte er den Rollstuhl selbst an den Rand der Wiese. Von hier aus hatte er einen freien Blick nach Osten über die große grüne Naturfläche mit den Hainen, Baumgruppen und Sträuchern am Rand. Kein Mensch war mehr zu sehen, alle waren vor dem drohenden Unwetter geflüchtet. Schon fielen die ersten dicken Tropfen, doch er spürte sie nicht. In seinen Erinnerungen hatte der Regen noch nicht begonnen.

An jenem späten Apriltag, der ungewöhnlich warm gewesen war, hatte er sich zunächst mit dem Heckenschnitt vor der Villa befasst, um dann tote Äste, die noch vom letzten Wintersturm zwischen den Büschen vor sich hin moderten, herauszuziehen und fachgerecht zu lagern. Im Gegensatz zur Herrschaft hatte er nicht frei; die Natur machte keine Pausen, schon gar nicht um diese Jahreszeit.

Während der Arbeit hatte er automatisch den Gesprächsfetzen gelauscht, die über die Grünflächen zu ihm herüber getragen wurden: Von Andrian unterhielt sich mit seinem ungarischen Gast über das Pulverfass Balkan, die bolschewikische Frage und die allgemeine Mobilmachung. Die Themen der beiden Damen waren um Kindererziehung und Reformpädagogik gekreist, über die man sich lustig machte, über Hauspersonal und andere Hauswirtschaftsthemen.

Magda war unterdessen mit den Kindern beschäftigt gewesen. Sie tobten durch den Park – stets begleitet von mahnenden Worten wie „Lauft nicht so schnell!“, „Macht Eure Kleider nicht schmutzig“ oder „So benehmt Euch doch!“. Es war also alles wie immer, wenn nur diese Schaukel nicht gewesen wäre. Die beiden Mädchen hatten sich irgendwann unter die Kastanie zurückgezogen, wo er an einem der tiefer hängenden Äste vor Jahren eine einfache Schaukel angebracht hatte. Er liebte es nämlich, den Mädchen zuzuschauen, wenn sie durch die Luft zu schweben schienen, mit flatternden Kleidern und Haaren – und diesem verzückten Lächeln im Gesicht. Genau das sah er an jenem Tag bei Elisabeth, die schweigend und beinahe entrückt an den langen Seilen vor und zurück flog, während ihre Füße munter baumelten und die Enkelin der von Andrians, an deren Namen er sich nicht mehr erinnern konnte, daneben stand und mit wichtiger Miene von der Dörnberg-Fee erzählte.

„Sie ist tagsüber unsichtbar, aber bekommt alles mit, was hier so passiert", hatte das Mädchen beteuert, als er sich vorsichtig durch den Spitzahorn, einen damals noch strauchartigen Gehölzaufwuchs in unmittelbarer Nähe schob, um die Mädchen besser zu sehen.

„Sie ist eine gute Fee, die sich um die Tiere und Pflanzen im Park kümmert. Nur manchmal, wenn sie sich über etwas ärgert, dann wird sie zornig. Und dann bewegen sich die leeren Schaukeln im Park, auch wenn gar kein Wind da ist."

Das Mädchen hatte sich ein wenig vorgebeugt und geraunt: „An solchen Tagen sollen sogar kleine Mädchen verschwunden sein, hörst du? Deshalb dürfen wir auch nicht alleine im Park spielen."

Ungläubig hatte Elisabeth das Andrian-Mädchen angestarrt und den Schwung ein wenig verlangsamt.

„Ja, das sagen zumindest Magda und meine Großeltern." Das Andrian-Mädchen hatte dabei die Augen verdreht. „Die glauben zwar nicht an die Dörnberg-Fee, doch der Gärtner hat sie schon mehrmals gesehen. Und wenn es einer wissen muss, dann doch er, oder?"

Elisabeth hatte einen Moment nachgedacht und dann zustimmend genickt. Dann nahm sie wieder Schwung auf, so als wollte sie mit ihren Füßen beim Schaukeln den Himmel berühren.

„Morgens ganz früh sieht man ihre Spuren." Das Andrian-Mädchen war noch nicht fertig mit ihrer Geschichte gewesen und hatte Elisabeth offensichtlich beeindrucken wollen.

Er war noch ein paar Schritte lautlos näher geschlichen, um die Mädchen besser zu sehen.

„Sie stellt die Bänke nachts um. Fast immer. Und manchmal schleift sie dabei mit ihrem Kleid über das taunasse Gras."

Elisabeth hatte erneut ihr Schaukeln abgebremst und suchend über die Wiese gestarrt.

„Ja genau dort." Das Andrian-Mädchen war ihren Blicken gefolgt. „Und weißt du was?"

Die Schaukel war mittlerweile zum Stillstand gekommen und Elisabeth hörte aufmerksam zu.

„In manchen Nächten hört man das Schreien der verschwundenen Mädchen. Großmama sagt zwar, das wären die Käuzchen, und der Gärtner glaubt das auch, aber ich bin mir ganz sicher: *Sie* sind es in Wirklichkeit!" Das Andrian-Mädchen hatte die Arme energisch vor der Brust verschränkt und Elisabeth triumphierend angeblickt.

Doch die stumme Spielkameradin war nur kurz beeindruckt gewesen und hatte ihr waghalsiges Schaukeln wieder aufgenommen. Die Enttäuschung war dem Andrian-Mädchen ins Gesicht geschrieben gewesen. Ehe sie jedoch weitere Geschichten hatte auffahren können, war es dunkel geworden, ganz plötzlich, wie es im April eben ab und zu geschehen konnte.

„Schnell, die Sachen!" Die Stimme des Hausherren auf der Picknickwiese hatte hektisch geklungen.

„Wo sind die Kinder?" Das war die Ungarin gewesen.

„Magda, beeil dich, hol die Kinder ins Haus, sie werden sonst ganz nass!", hatte Frau von Andrian mit ihrer hellen Stimme in den Park hineingerufen und kurz darauf war Magda zu hören, die mit den Jungen herbeieilte.

„Wo sind die Mädchen?", rief sie aufgeregt und schaute dabei ängstlich nach oben. Dunkle Wolken hatten die Sonne verdeckt und schon fielen dicke Tropfen. Es blitzte und krachte. Kreischend eilten die Damen zum Palais hinüber, dicht gefolgt von Magda, den Jungs und dem Andrian-Mädchen, das mittlerweile von der alten Kastanie herübergelaufen war.

„Heinrich!“ Karl von Andrian griff nach einigen Tellern und versuchte, sich mit einem Tuch vor dem mittlerweile zum Platzregen gewordenen Niederschlag zu schützen. „Heinrich, bist du irgendwo in der Nähe?“

Er hatte nicht geantwortet, sondern still im Unterholz abgewartet. Kurze Zeit später waren dann die Männer von der Wiese verschwunden und hatten die Reste vom Picknick den Naturgewalten und später den Vögeln überlassen. Und er hatte getan, was getan werden musste.

Irgendwann hatten sie damit begonnen, den Park zu durchsuchen. Rufend, beinahe lockend hatten die Männer und Hausangestellten jeden Meter durchkämmt. Auch er war an der Suche beteiligt gewesen, schließlich kannte keiner den Garten so gut wie der Gärtner. Die Kinder hatten ihn deshalb immer ganz besonders gemocht. Stets konnte er ihnen neue Vogelnester zeigen, hatte es geschafft, Eichhörnchen handzahm zu füttern – und einmal hatte er sogar einen jungen Specht gefunden, der aus dem Nest gefallen war, und ihn aufgezogen. Er war immer sehr tierlieb und zart im Umgang mit Wesen der Natur.

Später war das Schreien und Weinen der Mutter hinzugekommen. Dann die Polizei, die vielen Fragen, auf die es keine Antworten gab. Die Angst des Andrian-Mädchens, weil es davon überzeugt gewesen war, die Dörnberg-Fee hätte Elisabeth geholt. Das milde Verständnis des Kommissars, das Misstrauen gegenüber Magda. Ihr Rauswurf. Die Suchhunde im Park, die wegen des Regens ohnehin nichts hätten erschnüffeln können. Aber der Administrator war eine wichtige Persönlichkeit, also hatte man alles aufgeboten, was ging.

Tief in der Nacht die berechtigte Sorge, dass Elisabeth nicht wiederkehren würde, da man ihre Schuhe unter der Schaukel gefunden hatte. Sie war leer gewesen und hatte sich langsam hin und her bewegt, obwohl gar kein Wind wehte. Der Zusammenbruch der Mutter, die verzweifelte Suche am nächsten und übernächsten Tag. Die Gewissheit, dass etwas Unerklärliches geschehen war. Nicht mehr rückgängig zu machen, unfassbar und schrecklich.

Für ihn hatte das Verschwinden des ungarischen Mädchens keine Folgen gehabt. Die Kinder der Herrschaft mochten ihn und er hatte den Park stets gut gepflegt. Zuverlässige Kräfte waren rar, das hatte auch Karl von Andrian zu schätzen gewusst. Trotzdem waren sie kurze Zeit später getrennte Wege gegangen, der Park und er: Der Krieg kam und mit ihm andere Verpflichtungen.

*

Epilog:

Regensburger Zeitung, 22. April 1999:

... das mysteriöse Verschwinden der kleinen Elisabeth von (...) konnte jedoch nie aufgeklärt werden und steht damit bis zum heutigen Tag am Ende einer Serie geheimnisvoller Vorfälle im Regensburger Dörnberg-Park. Während jedoch in den dreißiger Jahren spielende Mädchen im Park unter mysteriösen Umständen verloren gingen, wurde nun ein querschnittgelähmter Greis offenbar Opfer eines Verbrechens. Man fand seinen leeren Rollstuhl am Rande einer Wiese im Regen stehend. Seine Pflegerin hatte Heinrich D. zuvor weggeschickt. Interessanterweise handelt es sich bei dem Vermissten um einen früheren Angestellten der Dörnberg-Stiftung, der vor dem Krieg als Landschaftspfleger im Dienste Karl von Andrians tätig war. Ein Zusammenhang zu dem Verschwinden der Mädchen kann jedoch aus heutiger Sicht nicht hergestellt werden ...

Oliver Machander

Wolfshochzeit

Foto: Rupert Klein

Als der Hirt Lorenz vom Geheul erwachte, suchten seine Augen unruhig durch die Finsternis. Er rief seine treue Hündin Feme, langte hastig nach seiner Schäferschippe und fing schrill zu pfeifen an. Eilig ergriff er einen Föhrenast und stieß ihn in die Glut. Sogleich entfachte das trockene Gestrüpp, erhellte mit einem leuchtenden Schein die schwarze Nacht, und Lorenz schwenkte seine föhrene Fackel. Verdammtes Wolfspack, Teufelsbrut! Die Nächte lagerten schwer. Der weitläufige Aichenvorst war ganz nahe, und die Wölfe hatten ewig Hunger. Warum ließen sie ihn, seine Schafe und Ziegen nicht in Frieden? Gab es nicht mehr als genug Wild im Wald? Weshalb mussten sie nur immer wieder ihn und seine Herde plagen? Doch die Wölfe sollten merken, dass Lorenz auf der Hut war, sich nicht fürchtete, keinen Kampf scheute. Er sah sie nicht, doch er spürte sie. Ja, er fühlte, wie sie in der Düsternis die Herde ausspäten, gewillt, in die Hürde einzubrechen, zu würgen, zu reißen, zu beißen. Lorenz hasste sie, diese gottlosen Jäger, die ihn und seine Tiere quälten, den Schlaf raubten. Unruhe hatte auch die Tiere ergriffen und die Wut packte den Hirten und er brüllte voller Hass: „Satansbraten! Kommt, es wird euch schlimm ergehen. Eure Felle werde ich brennen und gerben, eure Knochen im Leibe brechen, euch selbst zerreißen, bevor ihr nur ein einziges meiner Tiere packt! Fort, ihr Ungeheuer, sonst wird es böse enden!“

Hoch aufgerichtet schrie Lorenz und an seiner Seite bellte die treue Feme. Ohne Beute zog das Rudel ab, verschwand im tiefen, finsteren Eichenwald. Der Hirt stand da, stierte in die grausige Schwärze, verwünschte sein Elend, hier, einsam, ohne Menschenseele die Tage und Nächte verbringen zu müssen. „Was jagt ihr hier, warum nicht im Forst? Sind euch die Hirsche und

Rehe, die Schweine und Hasen und all das andere Getier nicht gut genug? Seid ihr schlimmer als der Herzog und sein Geschmeiß? Seine Jäger und der Pollinger, der Hund, das Schwein, der den Vater holte. Damals ...!"

Ja, sie waren berühmt, die tiefen Oberpfälzer Wälder, ihres reichen Wildvorkommens wegen. Und die Herzöge und Grafen liebten die Jagd. Zu Hauf kamen sie zum Waidwerk zusammen, wenn die Herren von Lengenfeld luden. Geschätzt waren die illustren Gelage auf der stattlichen Kaiserburg. Doch was für die hohen Herren ein königliches Vergnügen war, ein gottgewolltes Privileg, war für das Landvolk ein Elend. Ständig wühlten die Schwarzkittel die Felder um. Sie erdreisteten sich gar, in die Gärten vorzudringen. Das Rehwild verbiss die zarten Pflanzen auf den Äckern, die jungen Triebe der Sträucher. Selbst die Hasen schlemmten auf dem Bauerngrund und verschlimmerten die Not des Landvolks. Und keine Hilfe durch die Obrigkeit, keine Erlösung von der Plage. Stattdessen stand es unter schwerer Strafe, das Wild zu erlegen, denn alles gehörte den adligen Herren und Pfaffen. Dann, eines Morgens, riss dem Vater die Geduld, als auch der Kohl von den Langohren zerbissen war. Gegen die großen Räuber, die Sauen und Geweihträger konnte er nichts richten, aber Meister Lampe konnte man mit einer Schlinge den Garaus machen. So wurde aus der Not ein Fest. Dem Vater ging ein fetter Braten in die Falle. Das gab ein Gelage. Fleisch, echtes Fleisch, wann konnte man sich schon einmal daran ergötzen? Nur im Herbst, wenn vor dem Winter die Tiere geschlachtet wurden, die man nicht durch die kalte Jahreszeit bringen konnte. Dann fielen auch einmal ein paar Bissen für den Pfeifflinger Hans und die seinen ab, aber sonst? Gersten-, Hafer- oder Hirsebrei. Milch, Käse von den Ziegen und Schafen. Immer wieder Kohleintopf oder Zwiebelsuppe! Und nun dies! Rücken, Keulen, Läufe mit Salz eingerieben, mit Fett bestrichen, in die mit Wasser ausgespülte Pfanne gelegt und mit Speckscheiben bedeckt im Ofen gebraten. Welche Köstlichkeit! Und da hatten sie Blut geleckt und es gierte die ganze Familie nach mehr. Und war es nicht gerecht? Holte man sich nicht nur das zurück, was einem selbst zuvor von dem Wild genommen worden war? Lange Zeit ging es gut, keiner dachte mehr an die Gefahr. Dann, eines Abends, stand der Pollinger, der Pflege- und Jägermeister aus Kallmünz mit seinen Mannen im kleinen Hof. Alles leugnen half nichts. Die Hunde fanden die verscharrten Knochen und Felle. Sie nahmen den Vater mit und der kehrte nie mehr nach Haus zurück. Der Pollinger wollte sich bei seinem Herrn lieb Kind machen und hoffte, der Vater könne ihm weitere Wilderer nennen. Der Pfeifflinger Hans überlebte die Folter nicht, und so musste er, der Lorenz, der Älteste, als Hirt seinen Beitrag zur Versorgung von Mutter und Geschwister leisten.

*

So ist es geblieben. Zwölf Jahre waren verstrichen, seit jenem verfluchten Abend. Aus dem jungen Burschen war ein guter Hirt geworden. Der alte Schmidkonz, der sogar einst mit einer großen Herde durch das Vils- und Naabtal zog, hatte ihn alles gelehrt und ihm seine Schäferschippe vermacht. Gerne überließen die Bauern dem Lorenz ihre Ziegen und Schafe. Vom Frühjahr bis zum Spätherbst trieb er sie gemeinsam mit der Hündin Feme durch die großen Eichenwälder, über die Heiden und das Ödland. Kaum ein Tier, das er nicht von Krankheit heilen konnte, selten, dass die Wölfe ein Schaf oder eine Ziege rissen. Gleichwohl hatte dieses Leben seinen Preis. Oft kam er den ganzen Sommer nicht heim ins Dorf, hörte die ganze Zeit über kein Evangelium lesen, sprach mit niemandem außer seinen Tieren. Im Laufe der Jahre verwilderte er mehr und mehr in seinem abseitigen Hirtentum. Wenn im Winter die Tiere in den Ställen der Bauern standen, der Lorenz in der kleinen Stube der Mutter aus Reißern Besen band, da war sein Herz schwer voller Sehnsucht. Ungeduldig harrte er auf das Frühjahr, auf die Zeit, frei unter Gottes Himmel dahinzuziehen. Man schätzte den Lorenz seiner treuen Arbeit willen, doch Freunde oder gar Liebchen hatte er keine. Zu fremd war ihnen sein Gemüt und man mied ihn, als wäre er ein Druderer.

Doch nun zog er wieder mit den Tieren durch das abgeschiedene Land. Er spürte, dass er aufblühte wie die ganze Natur in diesem Frühjahr, das so zeitig angebrochen war. Es war ein außergewöhnlich kurzer und milder

Winter gewesen, sodass der Lorenz bereits im Februar die Tiere aus den Ställen holte und sie hinaus in die weite Flur trieb. Alles war wieder still und friedlich. Der Hirte fühlte sich leicht ums Herz, gäbe es nicht das Rudel, das Pack, das Geschmeiß, das ihn in dieser Nacht wieder einmal um den Schlaf brachte. Vorerst waren sie fort, verschwunden in den tiefen, finsteren Wäldern. Aber so sehr er die Wölfe verabscheute, zugleich beneidete er sie um ihr freies, an keine Pflicht, an keinen Ort gebundenes Leben. Um ihre Streifzüge durch die Wälder und Ebenen, um den Fraß, der ihnen dort reichlich zufiel. Sie zerrissen das Wild des verdammten Adelspacks, des verhassten Pollingers! Sie scherten sich nichts um die gottgegebene Ordnung der Welt. Sie waren wirklich frei in ihrer Wildheit. Überhaupt, so sehr alle Welt sie auch hasste, so sprach man stets in Ehrfurcht von ihnen, als einen tapferen Feind, einen würdigen Gegner, dem man ehrenvoll gegenübertritt. In seinem abseitigen Hirtentum, in seinem großen Sehnen nach Freiheit träumte er sich bisweilen in das Fell dieser reißenden Räuber hinein. Manchmal wünschte er gar, selbst ein Wolf zu sein. Als freier, wilder Jäger könnte er Rache nehmen am Pollinger, könnte das Wild hetzen, sich am Fleisch laben, das der Obrigkeit bestimmt war. Das Schicksal jedoch hatte ihn verdammt, ein einsamer Hirt zu sein. Ein Wächter der Herde, allein, nur mit seiner treuen Feme, die ihn liebte, die ihm folgte bis in den Tod.

*

So stand der Hirt, versonnen mitten in der Nacht. Ein leiser Lufthauch umspielte sein Gesicht, trocknete ihm den Schweiß von der Stirn, und es war ihm, als würden die Böen ihm sanft etwas ins Ohr raunen. Erst schien es nur ein Wispern zu sein, ein feines Rascheln der alten, braunen Blätter. Doch dann gewahr er ein Flüstern. Mit dem Wind hob es an, bis der Hirt deutlich Worte vernahm.

„Lorenz! Lorenz! Komm! Komm zu uns! Wollen uns verbrüdern, einen Packt schließen. Beim nächsten Vollmond halten wir Hochzeit. Du bist geladen. Bring der Königin, dem König ein Lamm als Geschenk. Wollen dich aufnehmen, ins Rudel. Kannst mit uns jagen, hetzen, beißen, würgen. Freiheit, Lorenz! Wildheit, Lorenz! Wir wissen drum, wir wissen drum. Das Reh, die Sau, den Hirschen, die Hasen ... die Hasen! Wir wissen drum, wir wissen drum. Die Jäger, die Menschen, sie morden das Wild, nehmen stets mehr, als sie brauchen. Fressen, bis sie platzen, und schmeißen die Reste den Hunden zum Fraß vor. Wir wissen drum, wir wissen drum. Und du weißt es auch! Du spürst es auch. Bist uns ebenbürtig, bist des Rudels würdig! Sei unser Bruder! Nimm deinen Platz in der Familie ein. Komm, Lorenz! Komm zu uns! Beim Vollmond zur Faulwies. Bring ein Lamm dem Hochzeitspaar, schließe den Packt und ... komm zu uns!"

Das Herz des Hirten pochte. Seine treue Feme winselte, während die verdorrten Blätter rauschten. „Jesus und Maria", stöhnte Lorenz. „Heiland, errette mich vor der Verdammnis! Bei Sonnenaufgang wollen wir uns ins Dorf aufmachen, Feme. Nur fort von hier! Fort von diesem verdammten Teufelsgrund! Fort von diesem verfluchten Wald mit seiner Satansbrut!"

+

In der Stube der Mutter knisterte das Feuer, als sie sprach: „Ja, Lorenz, weißt, die alte Zeitlerin hat es mir einmal erzählt. Es sei gar nicht so unmöglich, wölfisch zu werden, hat sie gemeint. Sind die Kämpfe um die Ränge vorbei, ist der stärkste Wolf, die kräftigste Wölfin bestimmt, dann halten sie Hochzeit, beim Frühjahrsmond, vor der Paarungszeit. Dann kann ein Mensch unter sie treten und im Rudel aufgenommen werden. Dann wird er ein ..."

„Was wird er, Mutter?", grollte Lorenz fragend.

„Ein Menschenwolf, ein Werwolf", flüsterte die Alte.

„Mutter, gib Acht, dass der Pfaff dich nicht hört! Und was gibst du dich mit der alt' Zeitlerin ab? Sie ist doch eine Hex'!"

„Und wenn schon! Beim Zipperlein ist sie die Einzige, die mir meine Schmerzen lindern kann. Sie weiß um die Kräuter und den alten Zauber. Das Evangelium hilft mir da nicht."

Erschrocken sprach der Lorenz: „Mutter, was muss ich da hören, denk doch an dein Seelenheil!"

„An die arme Seele deines Vaters denk' ich, Lorenz, jeden Tag, wenn mir der Magen knurrt! Und darum musst du mit den Tieren auch wieder hinaus. Meide die stinkende Faulwies! Sie ist ein verfluchter Ort! Bete in der nächsten Vollmondnacht das Ave Maria. Unsere Liebe Frau ist uns Sündern gnädig. Sie wird dich beschützen. Ist der Mond vorüber, so wirst du wieder deinen Frieden finden. Ruh und schlaf dich heute aus. Morgen aber musst du wieder mit den Viechern fort, es hilft ja nicht. Wir brauchen deinen Hirtenlohn, die Milch, den Käse, hin und wieder das gute Fleisch. Lorenz, du bist schon lang ein Mann. Deine Geschwister müssen nach sich selbst und den Ihrigen schauen. Ich habe nur dich, Lorenz! Ich werde für dich beten."

„Amen!", seufzte der Sohn und er folgte dem Drängen seiner Mutter.

Am Morgen war er mit der Herde fort.

*

Sieben Tage waren verstrichen. Die Nacht war gekommen, in der der Märzmond sich groß und rund am Himmel zeigte. Den ganzen Tag über empfand der Hirte eine Angst und es war ihm, als stünde ihm etwas Besonderes bevor. Fernab von der sumpfig fauligen Wiese hatte er die Hürde errichtet. Voller Grauen erwartete er die nahende Dunkelheit mit ihren langen, finsteren Schatten. Ruhelos blickte Lorenz umher. Gleichmütig graste seine Herde, treu wachte seine geliebte Feme. Alles schien friedlich und unberührt. „Heilige Maria, Mutter Gottes, stehe mir bei und lass die Nacht ebenso versöhnlich vergehen wie diesen Tag", betete der Hirt.

*

Der Abend kam, mit ihm die Nacht. Schwer lag ein wolkenverhangener Himmel über dem finsteren Land. Lorenz hatte ein Feuer entfacht, hielt Wache. Seine Schäferschippe fest umklammert murmelte der Hirt ein Gebet. Trotz des Feuers zitterte er am Leib. Voll fiebriger Unruhe verging die Zeit. Dem Hirten schien es, als würde sie kriechen, einer Schnecke gleich, eine schleimige Spur der Angst hinter sich herziehend. Der Morgen! Der Tag! Das Licht! Wann würde es endlich kommen? Ihn erretten, ihn erlösen von seiner Qual. Alles blieb still und seine treue Feme schlummerte friedlich im feuchten Gras ... bis der Wind kam. Er brachte es mit, das Geheul, das Jaulen der Wölfe. Geschwind kam es näher, wurde lauter, drängender, fordernder. Die Wolken rissen auf! Eine weiße, bleiche Scheibe erhellte die Nacht. Verwandelte die Welt in ein silbernes Zauberreich. Nun konnte Lorenz das Rudel sehen. Drei Steinwürfe entfernt standen sie da, lauerten. Ein Dutzend! Gar mehr? Vorne zwei, die anderen dahinter. Die Schwänze aufgerichtet, mit erhobenen Köpfen starrten sie ihn an. Die treue Feme, sie bibberte am ganzen Leib, verkroch sich hinter dem Hirten. Die Ziegen, die Schafe, sie rannten panisch in der Hürde hin und her, blökten, meckerten, schrien. Das Entsetzen in ihrem gehetzten Blick. Lorenz erhob sich, die Schäferschippe fest im Griff. „Warum seid ihr hierher, zu mir gekommen? Wolltet ihr nicht auf der Faulwies Hochzeit halten heute Nacht?"

„Die Hochzeit ist vollzogen. Der Mond hat uns getraut. Das silberne Licht hat uns geeint. Tritt nun auch du durch das Silbertor und nimm deinen Platz bei uns im Rudel ein!"

Woher kam diese knurrende Stimme? Jählings waren die Worte in seinem Kopf gewesen oder drangen sie gar in sein Herz hinein?

„Nur in dieser Nacht ist das Tor geöffnet! Gib deinem König, deiner Königin ein Lamm, ihr Hochzeitsgeschenk. Schreite hindurch, in die Freiheit. Gib nach und stille deine Sehnsüchte. Gib ihr nach, deiner Lust. Gib ihm nach, deinem Verlangen. Gib ihr nach, deiner Begierde und stille deine Gier, gemeinsam mit uns. Freiheit, Freiheit, Freiheit! Wir wissen drum, wir wissen drum. Nimm Rache! Rache am Pollinger, der den Vater nahm. Wir wissen drum, wir wissen drum. Mit uns, komm zu uns! Nimm Rache! Für alles! Wir wissen drum, wir wissen drum!"

Lorenz' Kopf dröhnte, sein Herz schlug wild und er schrie: „Was wisst ihr vom Vater, was wisst ihr schon vom Pollinger! Wie soll ich mich allein rächen? Erschlagen wird er mich, so wie ich euch alle erschlagen werde, wenn ihr euch nicht davonschleicht. Lauft, rennt, solange ihr noch könnt."

„Wild bist du, so wie wir. Das Rudel wird deine Familie sein. Leiste einen Schwur, opfere ein Lamm, gehe durch das Tor, und deine Familie steht dir bei. Wisse, auch wir hassen den Pollinger. Folge deinem Herzen, nimm blutige Rache und sei frei! Wir wissen drum, wir wissen drum."

Alles raste, alles tanzte um ihn, in ihm. Das Winseln der treuen Feme, das Geplärr der Herde, das Pfeifen des Windes, das Geheul der Wölfe, das silberne Licht des Mondes. Das Pochen seines Herzens, das Rauschen seines Blutes, der Schrei aus seiner Kehle. Besessen stürzte er los! Schlug, prügelte, zermalmte, biss, mordete, schlachtete! Sein ganzer Leib war besudelt vom Blut der toten Geschöpfe. Fleischfetzen, Innereien, Gedärme, sie klebten an seinen Händen, seinen Armen, seinen Füßen, seinen Beinen, seinem Leib. Und er roch es, das Blut. Er schmeckte es, er trank es, das Blut. Es hatte einen silbrigen Geschmack, es berauschte ihn, es stärkte ihn, es befreite ihn, es verwandelte ihn! Blut, Blut, Blut! Erst als alle zerrissen waren, hielt er inne. Sein wilder Blick hetzte über das Schlachtfeld. Alle lagen sie dort, für immer ausgemerzt, zerbissen, zerfetzt, geschlachtet, gerissen, tot. Alle tot, die Schafe, die Ziegen, die Lämmer, … die treue Feme. Überall Tod! Überall Blut, frisches, heißes, würziges, silbriges Blut. „Es ist angerichtet, mein Hochzeitsgeschenk!"

Der Mond tauchte ihn in Silber, er schritt ganz und gar hindurch. Dann labte sich das Rudel am frischen, rohen, blutigen Fleisch. Ein Werwolf aber sah sich um …!

*

Hans Jäger, der geistliche Spitalmeister aus Regensburg und Priester in Hainsacker, setzte sich nach der Beichte zu der unglücklichen Frau. „Mutter Pfeifflinger, Sie tragen keine Schuld. In diese gottlosen Geschöpfe ist der Teufel gefahren. Hören sie doch auf damit, sich selbst zu quälen."

„Ich weiß, Sie meinen es gut mit mir, Herr Pfarrer, aber wissen Sie, ich habe ihn geschickt, gedrängt habe ich ihn, wieder fortzugehen. Er wollt' nicht! Ich bin schuld an seinem Unglück. Und nun ist seine arme Seele für immer verdammt!"

„Frau Pfeifflinger, so etwas will ich nicht hören. Ich weiß, keiner hat seine Leiche gefunden, auch der werte Herr Heronumus Pollinger mit seinen Jägern nicht. Aber der Aichenvorst ist riesig, überall können sie nicht suchen. Es traut sich ja auch sonst keiner mehr in den Forst hinein. Wir haben

Lorenzens Beerdigung in Jesus Christi Namen gefeiert. Gott selbst wird über seine Seele richten. Uns steht es nicht zu, daran zu zweifeln."

„Ja, aber … !"

„Nichts aber, Mutter Pfeifflinger, nichts aber. Sie haben doch selbst die Reste der armen Tiere gesehen. Alle waren sie zerbissen. Selbst vom treuen Hund war kaum noch etwas übrig geblieben. Der Herr Pollinger hat gewiss Recht, wenn er sagt, dass Ihr Lorenz bei dem Kampf schwer verletzt wurde und irgendwo im Wald sein Ende gefunden hat. Sollte man wirklich eines Tages seinen Leichnam finden, so verspreche ich Ihnen, dass er hier auf dem Gottesacker begraben wird. Jetzt will ich aber keine Dummheiten mehr von Ihnen hören. Das müssen sie mir jetzt schon versprechen."

„Einen Wolf aber haben sie doch auch gefunden. Die alt' Zeitlerin hat gemeint, der sei von einem Werwolf zerbissen worden."

„Oh mei, oh mei! Wenn ihr guten Leute hier im Dorf an die Schrift genauso glauben würdet wie an diesen alten heidnischen Schmarrn. Passen Sie auf, was Sie da sagen, sonst muss ich Ihnen gleich wieder die Beichte abnehmen."

„Ach, Herr Pfarrer, ich weiß, Sie meinen es gut. Vergelt's Gott!", flüsterte die verzweifelte Mutter und schlich davon.

*

Zeit verstrich, doch aus dem Dorf getraute sich vorerst keiner mehr in den Wald hinein. Eines Tages kam die Kunde, dass der Heronumus Pollinger mit zwei Jägern mitten am helllichten Tage von einem Rudel Wölfe angegriffen und aufs Bestialischste getötet worden war. Unter den Ungeheuern habe einer wie der Teufel gewütet und dieser sei gewaltig groß gewesen, viel größer als ein gewöhnliches Tier. Jetzt flüsterten sie es alle im Dorf: Aus dem Hirten Lorenz ist ein Wolf geworden, ein Werwolf!

Und die Leute sagten, dass man im Aichenvorst und im ganzen nördlichen Land, zwischen Regensburg, Kallmünz und Burglengenfeld, nahe den Schäfereien und Nachtweiden, ein Rudel mit einem riesigen Wolf sah, der tollwütig die Menschen anging und nur unter harter Mühe abgewehrt werden konnte. Noch so manches Opfer soll es gegeben haben. Ja, man erzählte sich, dass dieser Wolf noch so manches Jahr sein wildgrausiges Leben mit dem Rudel führte.

Eines Nachts hörte man aber einen Menschenschrei in Wald und Wind verwehen. Wochen später fanden die Jäger die Leiche vom Lorenz, dem Hirten. Er war völlig von Wölfen verbissen, halbverwest hingebahrt auf der sumpfigen Faulwies. Als die alt' Zeitlerin in das Blut seiner gebrochenen Augen schaute, erkannte sie darin den Werwolf. Hans Jäger, der Priester, kam zu spät. Das Landvolk hatte die Leiche bereits geschunden, denn sie wollten erfahren, ob der Tote unter seiner Haut ein Tierfell trage. Doch so lange im dunklen Aichenvorst Wölfe hausten, so lange geisterte dort bei jeder Vollmondnacht der Schatten eines Werwolfs umher. Erst als der letzte Wolf geschossen, fand er endlich Ruhe. Doch die Wölfe, so sagt man, sie kehren wieder zurück und mit ihnen …?

Glossar:

Schäferschippe:	traditionelles Werkzeug der Schäferei
Aichenvorst:	Schwaighauser Forst
Hürde:	aus Flechtwerk gefertigte Zaunelemente
Lengenfeld:	Burglengenfeld
Druderer:	Sagengestalt aus der Oberpfalz (weiblich: Drud)

Marita A. Panzer

Der Auftrag

Foto: Rupert Klein

Noch heute, über fünfzig Jahre später, erinnere ich mich an jedes Detail. Bald naht mein achtzigster Geburtstag und ich fühle mich erst jetzt imstande, Wochen nach dem Tod meiner lieben Frau, die schrecklichen Erlebnisse zu erzählen. Zwei katastrophale Kriege habe ich überlebt, aber nichts drang mir so unter die Haut, ließ mein Herz derart erzittern wie die Geschehnisse damals in Regensburg:

Meine Gedanken schweifen zurück zu jenem Novembertag im Jahre 1919. Nebel hing über dem Fluss, kroch hoch in die Gassen der Stadt und breitete sich dick zwischen den Ästen der Bäume aus. Es war ein ungesund kalter Nebel, der in den Hauseingängen lauerte und durch Mark und Bein ging. Was für ein Anfang in dieser stolzen, altertümlichen Stadt!

Gegen Mittag war ich im noch heiteren München aufgebrochen, um meinen Auftrag zu erfüllen. Die Zugfahrt hatte mehr Zeit beansprucht als erwartet und so dämmerte es bereits, als ich am Bahnhof ankam.

Damals hatten sich die Zeiten gewaltig geändert. Das ehemalige Königreich Bayern war zu einem republikanischen Freistaat geworden, der Monarch mit seiner Familie vor der Revolution geflohen und manch königliche Immobilie damit in die Hände des neuen Staates übergegangen. So auch die Königliche Villa in Regensburg – und das war der Ausgangspunkt der Ereignisse, an die ich nicht ohne Schauder denken und sie nur mit zitternder Hand niederschreiben kann.

Aus mir nicht bekanntem Grund erging an das Münchner Auktionshaus, in dem ich als junger Mann neben meinem Kunstgeschichte-Studium tätig war, der Auftrag, in dem inzwischen unbewohnten Schlösschen das Inventar zu verzeichnen und zu fotografieren. Niemand wusste, was dort noch vorzufinden war und in welchem Zustand die Räumlichkeiten sein würden.

Ich reiste nicht gerne nach Regensburg, denn seit kurzem hatte ich eine Verlobte. Lena kannte ich allerdings schon seit der Schulzeit, aber wir waren uns erst im vergangenen Sommer einig geworden, nach dem baldigen Abschluss meiner Doktorarbeit im kommenden Frühling zu heiraten und eine Familie zu gründen. Lena war es auch, die mir die Anstellung im Auktionshaus besorgt hatte. Sie arbeitete dort im Sekretariat und so sahen wir uns jeden Tag. In meiner Verliebtheit wollte ich sie nur ungern für etwa zwei Wochen verlassen, denn so lange war mein Aufenthalt in Regensburg veranschlagt worden.

Man hatte mich unterwiesen, dass ich eine Karbidlampe, Kerzen sowie einen Spirituskocher mitnehmen solle, denn es gäbe in der Königlichen Villa kein elektrisches Licht und wohl auch keine funktionierende Küche. Also hatte ich mich dementsprechend ausgerüstet, sogar an einen Schlafsack hatte ich gedacht. Ein altes Bettgestell und eine brauchbare Matratze hoffte ich vorzufinden. Wenn ich in irgendeiner Weise Hilfe benötigte, dann sollte ich den Wirt im Gasthof „Zum Bären an der Kette" ansprechen. Im Übrigen würde dort auch jeden Tag ein Mittagstisch für mich bereitstehen. Zu den anderen Mahlzeiten musste ich mich selbst versorgen. Ich könne aber auch im Gasthof nächtigen, allerdings schmälere sich dadurch mein Salär. Das wollte ich auf keinen Fall, denn ich plante, einen Gutteil davon für unsere Hochzeitsreise zurückzulegen.

Die Regensburger Bahnhofsuhr zeigte bereits drei. Ich schulterte meinen Rucksack samt Fotoapparat mit Stativ und machte mich eilig zu Fuß auf den Weg. Ich wollte unbedingt noch im letzten Tageslicht die Königliche Villa in Augenschein nehmen und mich für die Nacht einrichten.

Zügig ging ich die Martin-Luther-Straße entlang, bog in die Ostengasse ein und erreichte nach wenigen Minuten das gewaltige, turmbewehrte Tor der einstigen Stadtmauer. Gleich links dahinter erstreckte sich der Villa-Park. Eine Mauer mit einem prächtigen schmiedeeisernen Tor versperrte mir allerdings den Zutritt.

In München waren mir zwei Schlüssel ausgehändigt worden, die jedoch beide nicht in das Schloss passten. Es musste noch einen anderen Eingang geben. Ich ging die Parkmauer entlang stadtauswärts, fand jedoch weder Tür noch Tor. Also kehrte ich um, lief wieder zurück und kam nach wenigen Schritten an die Einmündung einer kurzen Gasse, die an ihrem Ende mit einer Mauer versperrt war. Durch die Nebelschwaden sah ich eine hölzerne Tür, die wohl in den Park führen mochte.

Der schwere Schlüssel drehte sich überraschend leicht im Schloss, die Holztür schwang laut knarrend auf. Das Geräusch verursachte mir Gänsehaut. Durch die Öffnung blickte ich in ein Gewirr von Buschwerk und mächtigen Bäumen, deren Wipfel im Nebel verschwanden. Sie säumten einen schmalen Fußweg, der sich im schwachen Licht des zur Neige gehenden Tages irgendwo verlor. Als ich dem Pfad folgte, hatte ich den Eindruck, dass Büsche und Bäume langsam näher rückten, ihre Äste und Zweige streckten sich mir entgegen, zupften an Mantel und Mütze. Eine seltsame Furcht beschlich mich. Ich meinte, in diesem verwilderten Park allmählich stecken zu bleiben.

Unerwartet trat ich aus dem Gebüsch heraus und vor mir ragte ein imposantes Gebäude auf. Die Königliche Villa – wie verwunschen von den abendlichen Nebelschwaden umhüllt! Im Stil der Tudor-Gotik Mitte des 19. Jahrhunderts erbaut, sah sie aus wie ein veritables Geisterschloss. Als wäre es direkt von England hierher versetzt worden.

Allerdings blieb mir für romantische Gefühle keine Zeit. Ich musste noch das letzte Licht des Tages nutzen. Die Tür ließ sich mit dem zweiten Schlüssel und ein wenig Nachdruck öffnen, dunkel gähnte mir ein modriger Geruch entgegen, kalt und abweisend, als sträubte sich das Haus, den Besucher zu empfangen. Im Licht meiner Karbidlampe erkannte ich eine eindrucksvolle Wendeltreppe, die in die oberen Stockwerke führte. Vermutlich stand ich in der Kutscheneinfahrt, mehr konnte ich im schummrigen Licht nicht entdecken. Die Kühle des hohen Raumes ließ mich frösteln.

Spontan entschloss ich mich, das weitere Erforschen der Villa auf morgen zu verschieben, wenn das Tageslicht hereinfiel. Überhaupt schien es besser zu sein, die erste Nacht im Gasthof zu verbringen, mir dort ein warmes Abendessen zu leisten und eine Halbe Bier dazu. Ermuntert von diesen Aussichten, kehrte ich der Königlichen Villa den Rücken, durchschritt forsch den Park. Dabei hatte ich das Gefühl, von tausend Augen beobachtet zu werden. Hinter jedem Busch und Baum glaubte ich, Gestalten zu bemerken, schemenhaft, sobald ich jedoch den Kopf wandte, um genau hinzusehen, waren sie verschwunden. Schnell zog ich die kleine Holztür hinter mir zu und sperrte sorgfältig ab.

Die Ostengasse war menschenleer. Niemand weit und breit. Hie und da bewegte sich sacht ein Fenstervorhang. Unendlich erleichtert seufzte ich auf, als ich es mir in der Wärme der Wirtsstube gemütlich machen konnte.

Hier pulsierte das Leben. Fast jeder Tisch war besetzt. Rauch, Bier- und Essensgerüche schwängerten die Luft. Fröhliches Lachen und das laute Klopfen der Kartenspieler drangen an mein Ohr. Ich fühlte mich davon wohlig eingehüllt und als ich den ersten Schluck aus dem Bierkrug getrunken hatte, merkte ich, wie die Anspannung der letzten Stunden von mir abfiel.

Der Wirt war ein leutseliger Mann. Bekanntschaft war schnell gemacht, ein Zimmer bereitet, und vor mir dampfte das Abendessen. Ich war zufrieden; gestärkt konnte ich nun dem morgigen Tag entgegensehen.

*

Nach einem kräftigen Frühstück packte ich meine Sachen zusammen und begab mich frohgemut zu meiner Wirkungsstätte. Im strahlenden Sonnenlicht des Vormittags kam die Königliche Villa mir gar nicht mehr geisterhaft vor. Ich stellte in der Halle meinen Rucksack ab und ging gleich mit Fotoapparat und Stativ hinaus in den Garten, um die ersten Außenaufnahmen zu machen.

Die Villa war auf der ehemaligen Bastei am östlichen Punkt der mittelalterlichen Stadtmauer errichtet worden. Sie ragte am Ufer der Donau elegant empor mit ihren Ecktürmen und Giebelzinnen, mit ihren Galerien und hohen Fenstern. Bezaubernde Aussichten ergaben sich von den Terrassen und befestigten Gängen auf den Fluss, auf die gegenüberliegende Wöhrdinsel, westlich auf die Domtürme und östlich donauabwärts bis in die Berge des Bayerischen Waldes. Der vorherrschende Eindruck eines englischen Herrensitzes verstärkte sich noch durch den östlich der königlichen Sommerresidenz liegenden Park. Allerdings bot dieser ein recht verwildertes Bild. Schier undurchdringliches Buschwerk war zwischen den mächtigen Bäumen gewuchert.

Ich war dermaßen fasziniert und in meine fotografische Arbeit vertieft, dass ich das Zwölfuhrläuten überhörte und mich erst ein nagendes Hungergefühl am Nachmittag in den Gasthof trieb.

Dort bekam ich nur mehr eine kalte Brotzeit serviert, die ich mir dennoch munden ließ. Der Wirt trat wieder an meinen Tisch heran und fragte, wie ich denn vorankäme und ob ich nicht lieber weiterhin im Gasthof übernachten wolle. Sein bohrender Blick dabei verblüffte mich. Ich lachte unsicher: „Sie wollen mir doch nicht merkwürdige Geschichten über verlassene Häuser erzählen, oder?“ Er schaute mich kurz scharf an und murmelte, sich bereits abwendend: „Nein, natürlich nicht!“

Ich wünschte jedoch, unbedingt in der Villa zu bleiben, da mich die romantische Vorstellung reizte, wenigstens einmal in meinem Leben in königlichen Räumen zu schlafen.

Zurückgekehrt, schritt ich die gewendelte Steintreppe hinauf, vorbei an ihrem Wächterpaar, einem geschmückten Frauenkopf und dem bärtigen Gesicht eines alten Mannes. Mir war, als ob ihre Augen mich misstrauisch musterten.

„Nur nicht wieder seltsame Gefühle aufkommen lassen“, wies ich mich augenblicklich zurecht. „Den ganzen Tag über hat sich nichts Merkwürdiges ereignet. Gestern Abend warst du wahrscheinlich zu aufgeregt und hattest vor Hunger schon Wahnvorstellungen.“

Nun wollte ich erst einmal die Villa besichtigen. Ich folgte dem Schwung der breiten Treppe und durchschritt die holzgerahmten Türen zu den Zimmern im Hochparterre sowie die Gemächer der Königin und des Königs, welche im ersten beziehungsweise zweiten Stockwerk lagen.

Im ehemaligen Speisesaal gaben hohe Fenster den Blick auf die Donau frei, der preußische Adler zierte die Gemächer der Königin Marie, die eine Prinzessin aus Preußen war, und der bayerische Löwe drohte an den Türklinken der zweiten Etage, die den König ehemals beherbergte. Die Wände waren über und über in warmen Tönen mit Blattwerk und Pflanzenranken bemalt, als wären sie mit Wandteppichen bespannt.

Verwundert bemerkte ich, dass das gesamte Schloss nur mehr sparsam möbliert war. Offenbar fehlte bereits einiges Inventar. Ob Einrichtungsstücke wohl in den Kriegs- und anschließenden Revolutionszeiten weggeschafft worden waren? Oder gar gestohlen? Von der wütenden Bevölkerung? Von Diebesbanden?

Ich rief mir in Erinnerung, dass König Ludwig III. von Bayern mit Gemahlin und fünf Töchtern die Villa zuletzt vor Ausbruch des Krieges nur kurz bewohnt hatten. Er nannte sie wegen ihrer relativen Enge etwas arrogant das „Vogelhaus“. Seither hatte niemand mehr das Herrenhaus betreten. Zumindest nicht offiziell. Es war in einen Dornröschenschlaf von über fünf Jahren verfallen – und ich fühlte mich ganz als Prinz, der die Villa nun wieder wachküsste.

*

Für die Nacht richtete ich mich im östlichen Seitenflügel ein, der eher wie ein schlichtes Wohnhaus aussah. Hier befand sich im Erdgeschoss die Küche mit Geschirrschrank, Tisch, Bank und einem großen Herd, der – wie ich erleichtert feststellte – funktionierte. Sogar einige Bündel Holz lagen noch in einer Kiste und so konnte ich gleich Feuer machen.

Rasch war die Dunkelheit hereingebrochen und mir war kalt. Daher beschloss ich, diese Nacht hier neben dem Ofen auf der Bank zu verbringen und meine mitgebrachten Brote zu verzehren. Glücklicherweise hatte ich im Kellergewölbe des Nebengebäudes einige Flaschen Wein gefunden und eine davon für mich heraufgebracht. Im Schein der Karbidlampe machte ich es mir also bequem, trank einige Becher Wein und notierte in meinem Skizzenbuch die Eindrücke des Tages. Als es zehn Uhr schlug, löschte ich das Licht und schlief umgehend ein.

Irgendein Geräusch hatte mich geweckt. Ich lauschte angestrengt in die Dunkelheit. Sollte ich die Lampe anmachen? In diesem Moment rissen offenbar die Wolken auf, denn plötzlich schien helles Mondlicht ins Zimmer. Ich stand auf und tappte zum Fenster. Unten im Park meinte ich, eine schmale Gestalt zu entdecken, so dünn und durchscheinend wie ein graublauer Schatten. Sie stand ganz ruhig da und blickte zu mir herauf – mit einer Intensität, die mich schaudern ließ. War das ein Kind? Wollte es Hilfe? Ich öffnete einen Fensterflügel und noch ehe ich rufen konnte, verschwand die Erscheinung im Buschwerk, nur ein langanhaltender klagender Ton verwehte im Wind. Zitternd vor Kälte und Schrecken verkroch ich mich unter meine Decke.

Aus wirren Träumen erwachte ich Stunden später. Durch die Fenster drang bereits erstes Sonnenlicht. Es versprach, wieder ein schöner Tag zu werden. Von dieser Aussicht ermuntert, sprang ich von meinem Lager auf, bereitete ein kärgliches Frühstück und ging hinaus, um die Umgebung der Königlichen Villa zu erforschen. Frischer Ostwind erquickte mich, als ich eine schmale Steintreppe, die in den ehemaligen Stadtgraben führte, hinabschritt.

Auf der anderen Seite des Grabens lag der eigentliche Park. Im hellen Sonnenlicht konnte man die vom Oberhofgärtner Effner geschaffene Gartenanlage noch erkennen, trotz seiner Verwilderung. Ich durchstreifte den Park auf schmalen Wegen, welche sich unregelmäßig zwischen Bäumen und Sträuchern dahinzogen. Der gesamte Königliche Garten war von einer Mauer umgeben. Ich blickte von einem Türmchen aus auf die Donau hinunter und auf einen nicht sehr breiten Uferstreifen. Ruhig strömte der Fluss dahin.

Wen hatte die Donau nicht schon alles hier stehen sehen, ging es mir durch den Kopf. Einmal natürlich den Erbauer der Königlichen Villa, König Max II. von Bayern, der sich in Regensburg eine eigene Bleibe wünschte. Er und seine Gemahlin Marie sollen jedoch nur wenige Male kurz in der Villa Station gemacht haben. Erbprinz Ludwig, der nachmalige Märchenkönig, soll überhaupt niemals hier gewesen sein, und auch der Prinzregent sowie König Ludwig III. hielten sich nie länger in der Villa auf. Seltsam, denn das Schlösschen und der Park boten sich mir im strahlenden Sonnenlicht als Inbegriff einer romantischen Residenz dar.

Vergessen hatte ich die Gespenster der Nacht und spazierte vergnügt pfeifend auf der früheren Befestigungsmauer entlang, querte Terrassen, öffnete Türen und gelangte schließlich im Westen der Villa durch eine schöne Baumallee an einen trutzigen Turm.

Ich hätte ihn gerne bestiegen und suchte daher den Eingang. Als ich um die Ecke bog, bemerkte ich eine alte gebeugte Frau. Sie trug einen grauen Mantel, der bis zum Boden reichte und ihre rissigen Stiefel fast verdeckte. Ein dickes Wolltuch schlang sich um Kopf und Schultern, Fingerlinge suchten die gekrümmten Hände zu schützen, mit denen sie die Tür zum Turm betastete. Oder ritzte sie da etwas ins Holz ein? Ich trat einen Schritt näher.

„Wer ist da?“, rief die Alte mit unerwartet kräftiger Stimme, während sie sich blitzschnell umwandte. Erschrocken sprang ich zurück. „Antworte!“, kam es wie ein Peitschenhieb.

Ich stellte mich rasch vor. Langsam kam sie auf mich zu, allein ihre tiefliegenden Augen starrten an mir vorbei in unbestimmte Fernen und ich bemerkte erst jetzt, dass sie blind war. Etwas unendlich Trauriges lag in diesem verschleierten Blick, etwas Schwermütiges und Tragisches ging von ihr aus, das wie eine untragbare Last ihre kleine Gestalt niederzudrücken schien und mein Herz mit kalten Fingern umschloss. Nervös wollte ich diese Spannung hinwegplaudern, aber sie würdigte mich keiner Antwort mehr und ging schlafwandlerisch an mir vorbei. Ihre Lippen bewegten sich murmelnd, aber ich verstand nur: „… die armen Kinder sollen ihren Frieden haben …“

Als sie um die Mauerecke des Klosters St. Klara verschwunden war, wollte ich die Tür zum Turm näher untersuchen, an der sie sich zu schaffen gemacht hatte. Sie war versperrt, ihr Holz jedoch über und über mit feinen Kerben versehen. Bei näherem Betrachten entpuppten sie sich als Schriftzeichen, die schon fast verwittert waren. Nur einige davon konnte ich noch entziffern: Elisa, Franzl, Marie, Hansi, Josef … – stand da eingeritzt. Neben der Tür hing an einem Mauerhaken ein Gebinde aus Efeu, es sah aus wie ein Trauerkranz für eine Beerdigung.

Mir wurde eiskalt und ich wünschte mich fort von hier, von diesem schaurigen Ort, der allmählich vom aufkommenden Donaunebel wie von einem Leichentuch umhüllt wurde.

*

Die zweite Nacht in der Villa verbrachte ich wiederum neben dem Küchenherd. Da war es gemütlicher und wärmer als in den königlichen Gemächern, die mir vormals in meiner Phantasie so verlockend erschienen waren.

Mitten in der Nacht weckte mich erneut ein Geräusch. Es klang wie Kinderlachen. Ich musste unbedingt in Erfahrung bringen, woher diese Laute kamen und wer sich mit mir diesen Schabernack erlaubte. Denn inzwischen vermutete ich, dass eventuell Diebe in die Villa eindrangen, um noch schnell etwas von dem kostbaren Mobiliar zur Seite zu schaffen. Und damit ich nichts merken sollte, foppten sie mich mit seltsamen Geräuschen. Hatte der Wirt mich gestern nicht lauernd gefragt, ob alles hier in Ordnung sei? Wusste er von Vorgängen, die nicht legal waren?

Die Nacht war dunkel, wolkenverhangen und der Wind frischte gewaltig auf. Ich erhob mich, schlüpfte in meine Schuhe, warf den Mantel über und griff mir die Karbidlampe. Noch zündete ich sie nicht an, damit etwaige Diebe nicht frühzeitig gewarnt würden. Denn ich wollte sie auf frischer Tat erwischen. Langsam öffnete ich die Tür und schlich leise vom Seitenflügel über den Hof in die Eingangshalle. Auf Zehenspitzen stieg ich die Wendeltreppe in die erste Etage hinauf. Nichts regte sich. Ich dachte schon daran umzukehren, als ich ein Tappen hörte, wie von spielenden Kindern. Die Geräusche kamen eindeutig aus dem Stockwerk der Königin.

Vorsichtig erklomm ich die Treppe, tastete mich an der Wand entlang, da mich fast undurchdringliche Dunkelheit umfing. Oben angekommen, erhellte ein fahler Lichtschein schwach den Korridor vor den Gemächern der Königin, unheimliche Schattengebilde setzten die Wände in Bewegung, Pflanzenschlingen züngelten auf mich zu wie zischende Schlangen, groteske Figuren beäugten mich drohend.

Nur mühsam unterdrückte ich einen Schrei, als ich erschrocken zurückfuhr. Ich beruhigte mich schnell, lugte vorsichtig ums Eck und sah, dass die Tür zum Gemach der Königin einen Spalt offen stand, aus dem der Lichtstrahl fiel. Ich war mir nun ziemlich sicher, dass sich jemand in diesem Raum aufhielt. Bedauernd, dass ich keinen Stock oder besser noch den Schürhaken vom Küchenherd mitgenommen hatte, umklammerte ich fester die Karbidlampe in Ermangelung anderer Waffen.

Ich näherte mich der Tür zum Schlafzimmer. Da erfüllten hastige Schritte und lautes Gepolter die Treppe und den Flur hinter mir. Von Angst getrieben, schlüpfte ich schnell hinein, da sich kein anderer Ausweg bot. Drinnen war es merkwürdig still, nur dieser fahle Lichtschein erfüllte den Raum. Wo war denn eigentlich die Lichtquelle? Brannte da ein Kerzenleuchter? Allmählich bemerkte ich, dass der Schein von der Zimmerdecke ausging, genauer gesagt von dem dort angebrachten Gemälde, das einen blonden Kinderkopf, umgeben von einem Kranz aus dichtem Blattgrün, zeigte. Neugierig trat ich näher, stellte mich direkt unter das Gemälde und blickte forschend hinauf.

Plötzlich übergoss mich ein grelles Licht, wie vom Blitzstrahl getroffen fiel ich zu Boden. Lähmendes Entsetzen hielt mich dort fest, als sich das Knabengesicht aus dem Gemälde auf mich herabsenkte. Die blonden Locken wandelten sich in Schlangen, die Augen weiteten sich zu Wagenrädern, die feurige Funken sprühten. Immer näher kam der inzwischen riesenhaft vergrößerte Kopf, riss den Mund auf und drohte, mich zu verschlingen.

Panik schnürte mir die Kehle zu, alles wurde um mich herum weiß …

*

Offenbar hatte ich beim Hinfallen das Bewusstsein verloren, denn morgens fand ich mich im Schlafgemach der Königin auf dem Boden liegend vor. Unbeschädigt schmückte das Deckengemälde mit dem lieblichen Knabengesicht den Plafond.

Bebend – eher vor Kälte als aus Angst – ging ich in den Küchentrakt hinüber und wusch mir mit eiskaltem Wasser äußerlich und mit einer großen Tasse Kaffee innerlich die Erregung der nächtlichen Erlebnisse hinweg. Nun war ich wieder hergestellt und überzeugt, dass meine Phantasie mit mir durchgegangen war. Allerdings konnte ich mir meinen Sturz nicht erklären. Was hatte mich da eigentlich dermaßen aus der Fassung gebracht? Vielleicht war doch jemand im Raum gewesen und hatte mich k.o. geschlagen. Ich befühlte meinen Hinterkopf, der jedoch nur eine kleine Beule aufwies. Die konnte auch beim Aufschlagen auf den Fußboden entstanden sein, als ich ohnmächtig umgekippt war. Nach wie vor sträubte sich meine Vernunft, in den nächtlichen Geschehnissen Geisterhaftes zu sehen und ein übernatürliches Wirken zu vermuten.

Als ich zur Mittagszeit im Gasthaus saß, fragte mich der Wirt nach meinem Wohlbefinden. Er sah mich dabei besorgt an und meinte: „Junger Herr, Sie sehen recht blass aus. Sie werden sich in dem alten Gemäuer doch keine schlimme Erkältung geholt haben oder gar eine Influenza? Fühlen Sie sich fiebrig?" Wortkarg schüttelte ich nur den Kopf und widmete mich meiner Mahlzeit.

Zurück in der Königlichen Villa ging ich daran, Aufnahmen von der restlichen Ausstattung der Räume zu machen. Ich begann im obersten Stockwerk, im Appartement des Königs. Hier stand noch eine Sitzgarnitur. Ihre Polster waren mit weiß-blau-gestreiftem Stoff überzogen. Die Holzrahmen wiesen jeweils prächtiges Schnitzwerk auf und inmitten der Sofalehne prangte die bayerische Königskrone.

Gewissenhaft verzeichnete und fotografierte ich jede Einzelheit. Ich klopfte sogar die Wände ab, um Verborgenes aufzuspüren. Und siehe da, in einer Ecke tat sich eine schmale Tür auf und eine Treppe wurde sichtbar. Sofort entflammte in mir Entdeckungseifer. Ohne weiter zu überlegen, trat ich auf die oberste Stufe und tappte langsam tastend hinab. Bald erreichte ich wieder eine Tür, die sich direkt ins Schlafgemach der Königin öffnen ließ. Offensichtlich hatte ich eine Geheimtreppe gefunden, welche die Schlafzimmer des Königspaares verband, damit dieses sich gegenseitig unbemerkt von fremden Augen aufsuchen konnte. Die verborgene Treppe führte noch hinunter bis ins Erdgeschoss. Schlagartig wurde mir klar, dass nicht nur ich, sondern auch andere bereits diesen Weg durchs Haus über drei Stockwerke hinweg gefunden haben könnten und ihn für ihre unlauteren Absichten benutzten, wie auch in der letzten Nacht. Deshalb hatte ich Laufen und Trampeln gehört, ohne jemanden zu sehen!

Von diesen Überlegungen beruhigt und frohgestimmt, verbrachte ich den Nachmittag bis zur einfallenden Dunkelheit eifrig bei meiner Arbeit. Gegen Abend holte ich Wasser vom Brunnen in der Schlossauffahrt. Vor einem Beet mit wildwuchernden lilafarbenen Herbstblumen stand der Brunnen, dessen Wasserstrahl ein Kalksteinbecken auffing. Eine steinerne Stele ragte hinten empor, die wie ein religiöser Bildstock geformt war und von Efeu überwuchert wurde. Ich erwärmte auf dem Ofen etwas Wasser, um für das Abendessen eine Suppe zu kochen und Tee aufzugießen.

Kurz bevor ich mich gegen 10 Uhr zum Schlafen niederlegte, stand ich noch ein paar Minuten am offenen Fenster und blickte über den Graben hinaus in den Park. Krähen hatten sich auf den hohen Bäumen in ihre Nester zurückgezogen und geheimnisvolles Raunen wehte zu mir herüber. Hie und da auch ein seltsamer Schrei, eher ein Ruf wie von einer verirrten Seele. Fröstelnd schloss ich das Fenster.

*

Ein gewaltiger Donnerschlag weckte mich in der dritten Nacht, die ich in der Königlichen Villa verbrachte. Offenbar entlud sich ein Unwetter über Regensburg. Wind und Regen peitschten gegen die Fenster und das Wasser lief in langen Schlieren an den Scheiben herab. Die erlöschende Glut aus dem Küchenofen tauchte den Raum in ein rötliches Licht.

Hielt diese Nacht neue Schrecken für mich bereit? Als ich mich das noch fragte, rüttelte es an der Tür, so heftig, als wollte jemand unbedingt hereinkommen. Sicherheitshalber hatte ich aber einen Stock unter den Türknauf geklemmt, um im Schlaf nicht von Eindringlingen überrascht zu werden.

An Schlaf war allerdings nicht mehr zu denken, daher stand ich auf. Die plötzlich eintretende Windstille und Regenpause ließ mich ans Fenster gehen, um einen Blick auf den Himmel zu werfen. Wieder hörte ich die seltsamen Schreie aus dem Park gegenüber. Vielleicht von Eulen, dachte ich, oder von Wasservögeln. Denn mit Erstaunen hatte ich wahrgenommen, dass der bisher trockene Graben sich mehr und mehr mit Wasser füllte. Doch die klagenden Rufe kamen immer näher, schwollen an, lauter und lauter umschwirrten sie die Villa, kreischend wie ein aggressiver Schwarm von Möven.

Ein neuerlicher Donnerschlag ließ das Haus erzittern, unerwartet stieß eine Windböe die Fensterflügel auf und das ohrenbetäubende Schrillen der Schreie versetzte mich derart in Panik, dass ich fluchtartig die Küche verließ, hinaus in den Vorgarten rannte, nur mit meinem Schlafanzug bekleidet.

Draußen tobte das Unwetter, die Äste der Bäume peitschten, Blätter und Zweige flogen durch die Luft, Gras und Weg fühlten sich unter meinen bloßen Füßen patschnass an. Der Morast drang mir fast bis zum Knöchel. Gegen den Sturm ankämpfend, hielt ich mich am Brunnenrand fest. Der Wind hatte das Efeu von der Stein-Stele gerissen und einen Kinderkopf freigelegt, der im grellen Licht der Blitze aussah wie lebendig eingemauert! Voller Abscheu wandte ich mich ab und raste wie von Furien gehetzt den Pfad hinunter zum Gartenausgang – nur weg von dieser Hölle, von diesem Zugriff böser Mächte!

Hinter mir schwoll das Rauschen und Raunen, das Schreien und Klagen an wie eine Brandungswelle, die immer schneller auf mich zustürzte. Schon sah ich das rettende Tor nur mehr wenige Schritte entfernt, als zwei Gestalten aus dem Gebüsch traten, um mir den Weg zu versperren. Ein Junge und ein Mädchen – mit schwarzen Haaren, zerlumpt gekleidet, dünn, fast durchscheinend, sie blickten anklagend und lächelten leidvoll, erhoben ihre dürren Arme in einer hilfeheischenden Geste, entblößten dabei ihre Oberkörper – und mit einem gellenden Schrei nahm ich wahr, dass ihnen die Herzen herausgerissen worden waren.

Wie ich zum Gasthof gekommen war, weiß ich nicht. Überhaupt habe ich an die folgenden Wochen nur mehr eine verschwommene Erinnerung. Schwer erkrankt und von Fieberträumen heimgesucht, schwebte ich zwischen Leben und Tod. Im Kloster St. Klara wurde ich von einer Nonne gesund gepflegt. Sie erzählte mir auch, dass ein Teil des Parks der Königlichen Villa vormals einem Waisenhaus gehört hatte. Auf einem öden Stück Land hatten die Waisenkinder einen schönen Garten angelegt, indem sie sich körperlich wie seelisch stärkten. Dann aber wurde ihnen der Garten ohne Ersatz weggenommen …

„Aber, was hat es mit dem Turm an der Donau auf sich?"

„Das ist der Anatomieturm", wusste die Nonne, „dort wurden in früheren Zeiten Leichen seziert."

„Auch von Kindern, von den Waisenkindern?", rief ich auffahrend. Sie nickte nur.

Meine Verlobte holte mich später, als es mir wieder besser ging, aus Regensburg ab und wir heirateten, wie vorgesehen, im folgenden Frühling. Obwohl sich unsere Ehe harmonisch gestaltete, fiel doch ein Schatten darauf. Denn unser größter Wunsch ging nicht in Erfüllung: Wir konnten keine Kinder bekommen!

Sabine Eva Rädisch

Unheimlich nah

Foto: Michael Cizek

Breitbeinig stand Christl auf den Felsblöcken, die das Ufer der Donau säumten. Es war ein blaugoldener Wintertag, mild und vollkommen klar. Vor genau zwei Jahren hatte sie zum letzten Mal hier gestanden, unter einem grauen Himmel und betäubt von dem, was vorgefallen war. Auch davor hatte man sie selten in Niederalteich gesehen; gleich nach dem Abitur am St.-Gotthard-Gymnasium war Christl nach Berlin gegangen, um der depressiven Atmosphäre ihres Elternhauses zu entkommen. Die Großstadt hatte ihren Horizont erweitert, doch wirklich frei fühlte sie sich nur in den Donauauen. Hier hatte sie als Kind gespielt und später die Sommernächte am Lagerfeuer durchgemacht; hier hatte sie zum ersten Mal geküsst und während der Proteste gegen den Donauausbau ihr politisches Bewusstsein geschärft.

Christl ließ den Blick am Ufer entlangschweifen: Das schwere Holzkreuz mit den sanft gewellten Armen stand schon seit zwanzig Jahren hier. Die Betonsessel am Ufer hingegen waren neu; ihre Zwillingsschwester Conni hatte davon geschwärmt wie von einem geheimen Ausflugstipp. Also legte Christl ihren Schal auf eine der elegant geschwungenen Sitzflächen und saß Probe. Gar nicht mal so unbequem! Sie lehnte sich zurück und blinzelte hinauf in das Astwerk, das den leuchtenden Himmel verzierte. Ihre Augen gingen in den filigranen Strukturen spazieren, identifizierten Verbindungen und Fehlflächen, bis sich die zufällige Anordnung kahler Zweige und Äste zu Formen verdichtete. Direkt über ihr zog ein Mann mit Hut einen Schlitten hinter sich her. Während ihres Architekturstudiums hatte Christl einmal gelesen, dass das menschliche Gehirn seine Umgebung automatisch nach vertrauten Formen absuchte. Es war das Bedürfnis nach Orientierung, der Versuch, die Welt vorhersehbarer und damit sicherer zu machen. Und Christl war besonders gut darin. So hatten Wolkenfrösche, Baumgesichter, Schattenhasen ihre Kindheit bevölkert. Sie mochte es gar nicht, wenn ihr Vater sie aus ihren Tagträumen zurückholte. „Du bist wie deine Mutter", sagte er dann, und Christl fragte sich noch heute, ob das ein Tadel oder Anerkennung sein sollte. Vor allem aber hätte sie gern gewusst, welche Eigenschaften sie von der Mutter geerbt hatte. Ihr Vater sprach nie über sie. Dass die Mutter an Krebs gestorben war, als Conni und Christl knapp ein Jahr alt waren, hatte sie von der Nachbarin erfahren, und in den Räumen, die Christl mit Conni und dem Vater bewohnte, fand sich kein einziges Erinnerungsstück. Nur die Werkstatt im Erdgeschoss war seit dem Tod der Mutter unberührt geblieben. Wie oft hatte Christl die geheimnisvollen Glas-Skulpturen dort betrachtet: Objekte, deren dunkle Grüntöne weich ineinanderflossen, manche klein wie Flusskiesel, andere baumhoch bis zur Galerie im zweiten Stock. Und harte, kantige Blöcke wie aus arktischem Eis gemeißelt. Interessanterweise hatte Christl nie das Bedürfnis gehabt, darin Muster zu erkennen. Die Skulpturen waren einfach das, was sie waren: Funktionslos und wunderschön. Wie sehr hatte sie sich gewünscht zu lernen, wie man so etwas herstellte.

Aber ihre Mutter war nicht mehr da, und als Christl vom Gymnasium abgehen und die Glasfachschule in Zwiesel besuchen wollte, hatte ihr der Vater die notwendige Unterschrift verweigert. Und das, obwohl sie beim Auswahltest die Beste gewesen war.

Conni hingegen interessierte sich überhaupt nicht für Glas; die Objekte sprachen nicht zu ihr. Und sie war vollkommen unempfänglich für die Magie des Flusses. Als Christl ihr beschrieb, welcher Formenreichtum sich in jedem Baum, in den Steinen, in den Wellen verbarg, da gähnte sie nur gelangweilt. Sie waren so verschieden, wie Zwillingsschwestern nur sein konnten.

In der Architektur konnte Christl ihre Begabung nicht entfalten: Keines der von ihr geplanten Gebäude sah so aus, wie sie es sich vorgestellt hatte. Die Entwürfe funktionierten, doch Preise gewann sie damit nicht. Die Formen existierten nur in ihrem Kopf. Dabei sehnte Christl sich danach, dass ihre Ideen endlich einmal Gestalt annahmen. Dass jedermann sehen konnte, was sie sah.

Christl löste den Blick vom Schlittenmann; der Beton zog ihr langsam die Kälte aus dem Körper. Sie stand auf und ging noch einmal hinunter zum Fluss. Ein Stück stromabwärts lag die *Altaha* an ihrem Winterplatz; die Fähre pendelte nur im Sommer zwischen Niederalteich und Thundorf.

Wo war sie eigentlich während der Jahrhundertflut im Sommer 2013 gewesen? Hatte sie sich, plötzlich weit entfernt von den Rändern des Flusses, dem schlammigen Strom entgegengestemmt? Das war etwas, das sie ihren Vater jetzt gerne gefragt hätte. Er wusste alles, was mit dem Fluss zu tun hatte. Doch es war zu spät, wie es schon vor zwei Jahren zu spät gewesen war. Sie hatte das Geschehen nur im Fernsehen verfolgt, erst Monate später war sie nach Niederalteich gefahren. Am ersten Weihnachtsfeiertag, wie immer.

Die letzten Spaziergänger waren verschwunden, und auch Christl sehnte sich langsam nach einem wärmeren Platz. Aber noch konnte sie den Blick nicht von der Donau wenden. Das letzte Licht webte unscharfe Bilder auf die samtigen Wellen, das dunkle Wasser vertiefte sich. Und plötzlich sah sie es, knapp unter der Oberfläche: das Gesicht einer Frau. Es lächelte ihr zu. Und nicht nur das. Die Frau kam ihr bekannt vor. Gleichzeitig schwebte ein Gedanke durch Christls Kopf, so eindringlich wie eine Stimme. *Nach Hause …* Christl wandte sich erschrocken um und schüttelte sich, um die seltsamen Eindrücke loszuwerden. Noch nie war ihr ein Tagtraum so real erschienen.

Sie ließ das Auto stehen und wanderte durch den Ort, dessen Gesicht das Hochwasser für immer verändert hatte. Es gab neue Straßen und Plätze, überall wurde saniert und gebaut. Als Christl an der Stelle vorbeikam, wo einmal ihr Elternhaus gestanden hatte, senkte sie den Blick und ging rasch weiter. Erst vor den Zwillingstürmen der Basilika hielt sie inne und legte den Kopf in den Nacken. Die Uhren zeigten Viertel nach vier.

Christl wandte sich nach links, passierte das erleuchtete Schaufenster des Klosterladens und schlüpfte schließlich durch ein Tor auf das Gelände der Abtei. Dort war es still, und die hohen, alten Mauern schirmten das letzte Tageslicht ab. Die Klosterpforte und der Eingang zur byzantinischen Nikolauskirche waren beleuchtet, und aus einigen Fenstern des Klosters fiel schwaches Licht. Doch den Weg, der den weitläufigen Innenhof durchschnitt, erreichte es nicht. Christl wollte gar nicht wissen, was sich in den Schatten der Bäume verbarg, und überquerte das Gelände mit schnellen

Schritten. Sie war froh, als sie am anderen Ende die Lichter des *Klosterhofs* sah.

In der Gaststube schlug ihr der Geruch von Bier und Kaffee entgegen. An den Tischen saßen Familien und Paare, manche aßen Kuchen, andere hatten schon Brotzeiten vor sich stehen. Es war nicht auszuschließen, dass jemand sie erkannte. Siebzehn Jahre waren nicht genug, um eine Fremde aus ihr zu machen. Und dann entdeckte sie tatsächlich ein bekanntes Gesicht: ausgerechnet Toni. Der ehemalige Nachbar saß allein mit seinem Weißbierglas an einem Tisch in der Ecke. Hatte er sie auch bemerkt? Sie wollte jetzt nicht mit ihm reden. Stattdessen flüchtete sie hinter die quadratische Säule, die das gesamte Gewölbe zu tragen schien. Sofort entdeckte sie eine Ansammlung von steinernen Fischen. Doch natürlich befand sich dort nichts dergleichen. Es waren einfach nur grobe, unregelmäßige Steine, denen Christls Phantasie etwas abzutrotzen versuchte.

Ein Schnitzel schwebte vorbei. „Für eine Person?" Die Kellnerin deutete auf einen größeren Tisch, an dem bereits drei Frauen saßen und ihr mit einem Nicken bedeuteten, dass sie sich dazusetzen konnte. Sie bestellte heiße Schokolade und schloss, benommen von der Wärme, für einen Moment die Augen. Kurz darauf berührte etwas ihre Schulter, und Christl fuhr erschrocken auf. Neben ihr stand Toni, das halb ausgetrunkene Weizenglas in der Hand, und lächelte sie entschuldigend an.

„Hallo Christl." Seine Haare waren grau geworden und standen in Büscheln von seinem Kopf ab; ein paar davon wuchsen auch aus der Nase. „Ich hab dich reinkommen sehen … Wie geht's dir denn? Du warst ja seit der Beerdigung nicht mehr da."

Christl konnte nicht antworten. In ihrem Kopf war nur noch Platz für Bilder. Bilder, die sie wohl nie vergessen würde: ihr Vater auf dem Boden der verwüsteten Glaswerkstatt. Der verkrustete Schlamm. Das Seil. Das Messer. Sein friedliches Gesicht. Sie hatte gleich gewusst, dass es eine gute Sache war. Für ihn. Seine Gesichtszüge waren so entspannt, wie sie es noch nie an ihm gesehen hatte. Er war handwerklich so geschickt. Er wusste, wie man einen Knoten knüpfen muss, damit man sich den Hals bricht und nicht erstickt. Vielleicht war es auch nur eine Frage der Höhe. Er war von der Galerie gesprungen.

Toni hatte damals den Notarzt gerufen und einen Haufen andere Dinge für sie getan, von denen Christl gar nichts mitbekommen hatte.

„Ich habe mich nie bei dir bedankt“, sagte sie. Toni schüttelte nur den Kopf und setzte sich. „Das war doch selbstverständlich. Dein Vater war mein bester Freund“, sagte er. Er nuschelte ein wenig, vielleicht war es nicht das erste Weizen, das er heute trank. „Wir haben fast gleichzeitig unsere Häuser gekauft und renoviert. Unsere Frauen haben sich auch gut verstanden, und wir sind gerne zusammen radeln gegangen. Oft auch drüben auf der anderen Seite, deine Mama war ja aus Thundorf.“

„Ach ja?“, entfuhr es Christl. Das hatte sie nicht gewusst, und als sie Tonis mitleidigen Blick sah, ärgerte sie sich. Über ihren Vater, aber auch über sich selbst. Es ging niemanden etwas an, was sie über ihre Mutter wusste oder nicht wusste.

„Am liebsten sind wir in den Mühlhamer Keller gegangen oder haben stundenlang an der Donau gesessen. Einmal war die Fähre schon weg, und der Reiner wollte unbedingt rüberschwimmen. Es war immer lustig mit ihm.“

Christl schüttelte den Kopf. Ihr Vater und lustig? Sie kannte ihn nur als verbitterten Mann. Ungenießbar und unfähig zu genießen. Toni nickte, als wüsste er, was in ihr vorging.

„Nach dem Tod eurer Mama hat er sich sehr verändert. Ist mir meistens aus dem Weg gegangen. Ich hab ihn bloß manchmal im Garten gehört. Er hat ja diesen trockenen Husten gehabt. Unverkennbar.“ Dann fragte er: „Und was machst du so? Arbeitest du immer noch in dem Architekturbüro in Berlin?“

Christl fühlte sich ertappt. „Nein“, sagte sie. „Den Job bin ich los.“

„Das tut mir leid.“

„Ich war einfach nicht gut genug.“

„Echt? Dann findest du bestimmt was Besseres. Etwas, wo du wirklich gut bist.“

Christl lachte trocken. „Fragt sich nur, was das sein sollte."

„Wie wär's mit Glaskunst?", sagte Toni. Christl schluckte. Seine Worte taten weh.

„Ach, hör auf. Der Zug ist längst abgefahren."

„Aber warum denn? Du könntest bei einem Künstler in die Lehre gehen oder dich nochmal auf der Glasschule bewerben."

„Dafür bin ich doch längst zu alt. Und davon leben kann ich auch nicht."

Toni ging nicht darauf ein. „Die Werkstatt deiner Mutter wäre ideal für dich gewesen. Ein Jammer, dass das Haus abgerissen wurde."

„Es ging wohl nicht anders. Die Schäden waren einfach zu groß."

Toni seufzte. „Vielleicht hätte man noch was machen können, wie bei uns. Aber der Reiner hat einfach niemanden ins Haus gelassen, monatelang! Am Anfang bin ich jeden Tag zu ihm rüber und wollte ihm helfen, aber er hat mich bloß angeschrien. Dann sind ihm die Behörden auf den Pelz gerückt. Und irgendwann war klar, dass er alles abreißen muss. Das Haus, die Werkstatt, die eurer Mama so wichtig war. Dabei war eh alles nur noch Dreck und Trümmer. Das hat er nicht verkraftet. Da hat er lieber …" Es fehlte nur noch, dass er eine eindeutige Geste machte. Tatsächlich schien ein Rucken durch seinen Körper zu gehen. Von da an wollte Christl nur noch weg.

„Ich muss los, die Conni wartet auf mich", sagte sie, doch als sie aufstand, hielt Toni sie am Handgelenk fest.

Einen Moment lang starrten sie einander in die Augen. Dann fragte er: „Hast du sie damals auch gesehen? Oben, auf der Galerie?"

Christl entzog ihm ihr Handgelenk, kramte mit zitternden Händen einen Fünfer aus dem Geldbeutel und legte ihn auf den Tisch. „Nein", sagte sie. „Ich weiß gar nicht, von wem du sprichst." Dann stolperte sie hinaus ins Freie, weg von Toni und seinen Erinnerungen. Wohin? Sollte sie die Straße entlang durch den Ort gehen? Doch der Weg über den Klosterhof war eindeutig kürzer. Inzwischen war es gänzlich Nacht geworden, und der Vollmond hing über dem Ort. Sie ließ das hell erleuchtete Gasthaus hinter sich, im Rücken das seltsame Gefühl, dass ihr jemand folgte. Toni? Als sie sich beherzt umdrehte, sah sie niemanden.

„Alles nur Einbildung“, redete sie sich selbst beruhigend zu. Ihre Gedanken wanderten zurück zu dem Weihnachtsfeiertag vor zwei Jahren. Sie hatte geschrien – so laut, dass Toni sie hörte und herüberkam. Warum sollte er da ausgerechnet zur Galerie hinaufgeschaut haben? Und wer hätte dort sein sollen?

Der Schatten tauchte so plötzlich vor ihr auf, dass Christl erschrocken zur Seite sprang. Da war etwas großes Schwarzes, wie eine riesige Fledermaus! Dann hörte sie die Stimme.

„Entschuldigung“, sagte der Mönch. Sein langes weißes Haar und der eindrucksvolle Bart leuchteten im Mondlicht. Über seinem Ordensgewand trug er eine schwarze Jacke. Er hatte sie nicht zugeknöpft, sodass der Wind sie an den Enden hochwehen konnte wie Flügel.

„Sie haben mich erschreckt!“, rief Christl empört, doch insgeheim war sie erleichtert, auf einen Menschen zu treffen. „Ja, die Raunächte haben es in sich“, lachte er.

„Raunächte? Ist das nicht ein heidnisches Konzept?“, erkundigte sich Christl. Er lachte wieder. „Wer weiß. Jedenfalls gehe ich jetzt zum Weihnachtskonzert in die Basilika. Willst du mitkommen?“

„Nein danke“, sagte Christl. Warum duzten einen die Brüder eigentlich immer? Oder hatte sie nur vergessen, dass man sich in Niederbayern generell duzte?

„Einen schönen Abend“, schob sie noch hinterher, um ihre Unhöflichkeit wettzumachen.

Der Mönch nickte ihr zu. „Gesegnete Weihnachten.“ Er schien es nicht eilig zu haben, und Christl ließ ihn rasch hinter sich. Zuerst kamen ihr noch einige Konzertbesucher entgegen, dann war sie allein auf der dunklen Straße. Als sie an dem ehemaligen Grundstück ihrer Eltern vorbeikam, hielt sie kurz inne. Die alte Gartentür stand offen, die eingeebnete Erde dahinter konnte sie nur erahnen. Irgendetwas raschelte. Dann vernahm sie ein leises Husten. Als sie weiterging, hörte sie leichte, schnelle Schritte hinter sich.

Trotz der Kälte brach Christl der Schweiß aus. An die Sache mit den Mustern hatte sie sich ja gewöhnt, aber jetzt hörte sie auch schon Dinge, die definitiv nicht da waren. Schon wieder dieses Hüsteln. Unverkennbar, hatte Toni gesagt. Christl wagte nicht, in die Richtung zu schauen, aus der die Geräusche kamen. Lieber legte sie einen Zahn zu. Doch jetzt hörte sie dieses Atmen direkt an ihrem Ohr. Sie fühlte Wärme an den Schultern; es war wie eine tröstliche Umarmung. Und es machte ihr Angst. Schließlich rannte sie. Ohne nachzudenken, hielt sie auf die Donau zu. Nicht nur, weil sie ihr Auto dort geparkt hatte, sondern weil es der beste Ort war. Der Ort, an dem sie sich sicher fühlte.

Schon kam die kleine Kapelle in Sicht, schwach beleuchtet von einer einzelnen Straßenlaterne. Die Schritte und der Atem folgten ihr, und ein Schatten glitt über den Asphalt. Doch je näher sie dem Wasser kam, desto weiter schienen die Geräusche zurückzubleiben. Vielleicht gab es eine unsichtbare Linie, die dieses … Wesen nicht passieren durfte? Auf der anderen Seite der Dammdurchfahrt blieb sie stehen. Sie hörte die Wellen ans Ufer schlagen und das gleichförmige Fließen der Donau, vermischt mit dem schwachen Rauschen der A3. Irgendwo bellte ein Hund. Wenige Meter entfernt erkannte sie die Umrisse der Fähre, über der ein einzelnes, helles Positionslicht schwebte.

Christl lachte. Einen Moment lang hatte sie tatsächlich an Geister geglaubt. Dabei war sie einfach nur durcheinander. Das Gespräch mit Toni, der sich jährende Todestag und Weihnachten – das war einfach zu viel für sie. Tränen stiegen in ihr auf. Und plötzlich sah sie deutlich ihren Vater vor sich, wie er Steine über das Wasser hüpfen ließ und lachte, wenn es ihm gelang. Er hatte den Fluss genauso geliebt wie sie. An seiner Hand hatte sie hier die ersten Schritte getan. Sie trat näher ans Ufer. Auf der anderen Seite sah sie Leuchtbojen blinken und in der Ferne die beiden charakteristischen Funktürme von Aholming. Doch was war das? Direkt vor ihr, auf den lichtgesprenkelten Wellen, schien sich ein Schatten auszubreiten. Und in dem Schatten zeichneten sich Umrisse ab. Die Umrisse der Frau, die Christl heute schon einmal zu sehen gemeint hatte. Sie erinnerte Christl an ihr eigenes Spiegelbild, doch diesmal war es mehr als eine optische Täuschung. Dazu war die Gestalt zu plastisch. Christl hatte Angst vor dem, was gleich geschehen würde, doch sie konnte sich einfach nicht von dem Anblick lösen.

Die Frau erhob sich aus dem Wasser und kam auf sie zu. Sie hatte langes, glänzendes Haar wie Christl selbst und sie trug ein dunkles Kleid. Der Stoff war mit Glasperlen bestickt, die das Mondlicht einfingen. Die Frau streckte die Hand nach Christl aus, doch außer einem warmen Schauer spürte sie nichts. „Da bist du ja endlich", sagte die Frau, dann griff sie nach Christls Hand und legte einen kühlen, glatten Gegenstand hinein. „Das ist dein Erbe. Nutze es", sagte sie, und Christl spürte alle Fragen in sich aufsteigen, die sie jemals an ihre Mutter gehabt hatte. Doch sie war unfähig zu sprechen. Ihre Mutter lächelte sie noch einmal an, dann drehte sie sich um und ging. Augenblicke später war sie nur noch ein Schatten, der in der Dunkelheit verschwand. Hatte Christl sich alles bloß eingebildet? Doch da war der Stein in ihrer Hand, kalt und schwer wie ihre Trauer. Als sie den Blick senkte, erkannte sie, dass es ein Glaskörper war – wellenförmig und dunkel wie Donauwasser. Plötzlich flammten kleine Farbreflexe darin auf. Die Lichter kamen vom Fluss; genauer von dort, wo die *Altaha* liegen musste. Nach und nach konnte Christl den Umriss der Fähre erkennen, erleuchtet vom Schein unzähliger bunter Lichter. Und hörte sie da nicht leise Jazzmusik, klingende Gläser und Stimmen? Einen Mann und eine Frau? Er erzählte ihr etwas, und sie lachte.

Langsam glitt die Altaha in den glitzernden Fluss und nahm Kurs auf Thundorf. Kein Motorengeräusch war zu hören. Kein Wellenschlag. Nur das Husten des Fährmanns.

Siegfried Schüller

Objekt 284

Foto: Siegfried Schüller

Hätte Peter gewusst, wie dieser Montag für ihn enden würde, er hätte sich gleich in der Früh krankgemeldet. Doch am Morgen verlief zunächst alles ganz normal. Auch noch bis Mittag. Dann verlor er völlig den Boden unter den Füßen.

*

Der Wind fegte Staubwolken durch die flirrende Mittagshitze im Ottmaringer Tal zwischen Beilngries und Dietfurt an der Altmühl. Hoch über den bewaldeten Hängen zogen drei Bussarde ihre Kreise wie kleine Geier. Weithin war ihr Hiäh–hiäh zu hören, denn unter ihnen im Tal herrschte ungewohnte Stille. Der Lärm der riesigen Radlader, Muldenkipper und Planierraupen war versiegt – wenigstens für eine Dreiviertelstunde. So lange dauerte die Mittagspause auf der Großbaustelle des Rhein-Main-Donau-Kanals.

Wo das Tal an seiner breitesten Stelle einen Knick nach Süden macht, ragte nacktes Erdreich auf – meterhoch und hunderte Meter lang. Mit seinen Farbtönen von schwarz, graubraun bis dunkelrot erinnerte es an erkaltete Lavaströme. Der gesamte Aushub des vorletzten Bauabschnitts des neuen Kanals wurde hier aufgeschüttet und deponiert.

Mitten in dieser Mondlandschaft erstreckte sich wie auf dem Grund eines breiten, flachen Kraters eine freie Fläche. Sie stieg zum Waldrand hin an und war etwa so groß wie drei Fußballfelder. Zwei alte, hölzerne Bauwägen standen in der Mitte, und nicht weit von ihnen umringten ein paar Menschen ein tiefes Loch in dem sonst ebenen Gelände.

Es waren Mitarbeiter und Archäologen des Landesamts für Denkmalpflege, die dort eine keltische Siedlung freilegten – beziehungsweise das, was nach mehr als zwei Jahrtausenden noch davon übrig war. Die Überbleibsel der Siedlung stammten aus der Eisenzeit, genauer gesagt dem sogenannten Frühlatène um 450 bis 400 v. Chr. Die Grabung war Teil einer ganzen Kette von Ausgrabungen entlang der Trasse des künftigen Kanals, wo versucht wurde, die Überreste von vorgeschichtlichen Siedlungen und Grabhügeln vor dem vernichtenden Zugriff der Bagger zu retten.

*

Wie fast alle Helfer auf den Grabungen verdankten Peter und seine Kollegen ihren Job für diese Grabungssaison einer Arbeitsbeschaffungsmaßnahme des Arbeitsamtes.

Objekt 284 war die tiefste Grube, die sie bisher entdeckt hatten. Ihr Vorhandensein hatte man zuerst nur erahnen können – an der kreisrunden, grauen Verfärbung von ungefähr drei Metern Durchmesser im sonst ockerfarbenen Lehmboden.

Mit Spaten, Schaufeln und Schubkarren hatten die Grabungshelfer zunächst eine Hälfte der Grube ausgehoben. Ein paar Tage hatten sie dazu gebraucht. Die Leute vom Kanalbau hätten das mit einem ihrer Bagger in Minutenschnelle erledigt – und dabei nicht nur das Problem, sondern auch alle geschichtlichen Spuren beseitigt. Hans, Lugg, Matthias, Achmed und Peter hatten dagegen jede Schubkarrenladung sorgfältig nach Keramikscherben, Knochen, Holzkohle und anderen Fundstücken durchsucht.

In einer Tiefe von über zweieinhalb Metern waren Hans und Lugg auf ein etwa eimergroßes, schwarzes Tongefäß gestoßen, das mit der Öffnung nach unten im Grund der Grube steckte. Es war fast vollständig erhalten und aus schwarzem Grafit-Ton gefertigt, der den Gefäßen beim Polieren einen metallischen Glanz verlieh und sie zudem feuerfester machte. Der obere Rand des Behälters war mit einem gleichmäßig gezackten Muster verziert.

Durch die Mitte der halb ausgehobenen Grube lief jetzt ein glatter, senkrechter Querschnitt, den sie selbst angelegt hatten. An diesem Profil konnten die Archäologen – wie von einem Plan – die Geschichte der Grube ablesen. Die verschiedenen Schichten und Farben der Füllung und ihre Umrisse waren genau zu erkennen. Es handelte sich um eine große sogenannte Kellergrube, deren Rand einst wahrscheinlich mit Weidengeflecht befestigt war. Vermutlich hatten die Bewohner der Siedlung darin ihre Getreidevorräte gelagert – genaueres würden erst spätere Laboruntersuchungen der untersten Bodenschicht ergeben.

David, ihr englischer Grabungstechniker, hatte das Profil der Grube im Maßstab 1:10 auf Millimeterpapier gezeichnet. Trotz seiner Körpergröße von etwas mehr als zwei Metern und Schutzhelm war er dabei völlig in dem Loch verschwunden. Nachdem er seine Zeichnung beendet und das Profil fotografiert hatte, konnte die andere Hälfte von Objekt 284 ausgegraben werden.

*

Am Wochenende hatte es starke Gewitter gegeben, und obwohl sie die Grube am Freitag mit Plastikplanen abgedeckt hatten, war der Regen hineingelaufen und hatte das Loch fast bis zur Hälfte unter Wasser gesetzt. Am Montagmorgen hatten Peter und seine Kollegen erst einmal mit an Seilen gebundenen Eimern die Lehmbrühe aus der Grube geschöpft. Dann begannen sie zu graben.

Peter wollte eben wieder mit dem Spaten zustechen, als der Boden unter seinen Füßen plötzlich nachgab. Lugg und Hans konnten gerade noch zurückspringen und sahen, wie Peter mitsamt dem Erdreich und seinem Spaten in dem Loch versank.

Die unteren Bodenschichten waren aufgeweicht und hatten nun unter ihrem Gewicht nachgegeben. Das ganze Profil brach zusammen, und etliche Schubkarrenladungen sandigen Lehms rutschten hinter Peter in die Grube. Er versuchte noch, einen Satz nach oben zu machen, aber etwas Schweres hielt seine Beine umklammert. Peter spürte, wie die Erdmassen seinen Brustkorb zusammendrückten. Er wollte schreien, aber kein Laut kam aus seinem Mund, er spürte nur, wie der Sand zwischen seinen Zähnen knirschte. Dann wurde es dunkel um ihn.

*

Grelles Sonnenlicht blendete ihn, als er nach einer Weile seine Augen wieder aufschlug. Dunkle Gesichter beugten sich zu ihm herab, die er aber nicht erkennen konnte. Sein Kopf wurde hin und her gedreht. Dann hob ihn jemand etwas an und flößte ihm aus einer Schale Wasser ein. Peter holte erst einmal tief Luft durch die Nase, und spuckte gleich darauf das Wasser zusammen mit dem Dreck aus seinem Mund.

Als er versuchte, seine Finger zu bewegen, fühlte er, dass er auf einer Art Felldecke lag. Von den Leuten, die um ihn herumstanden, kannte er tatsächlich niemand. Das waren nicht die Gesichter seiner Kollegen.

Nachdem sie gesehen hatten, dass er nicht mehr bewusstlos war, traten noch mehr Unbekannte heran. Zwei Frauen fingen an, die Erdklumpen von seinen Kleidern zu klopfen und betasteten dann ungeniert den Stoff seiner Jeans und sein Baumwollhemd. Dabei schnatterten sie aufgeregt und in einer Sprache, deren Klang ihm zwar bekannt vorkam, deren Worte er aber nicht verstand – wie bei einem fremden Dialekt.

Die Leute waren ärmlich angezogen. Die Frauen trugen lange Kleider aus grobem Leinen und einfache Ledergürtel. Auf der linken Schulter hielt eine Fibel – wie eine Sicherheitsnadel – den Stoff zusammen. Die eine Frau trug außerdem ein Paar Bronzearmreife; die andere, jüngere der beiden, hatte einen Ring aus Eisendraht mit einer kobaltblauen Glasperle um den Hals hängen. Mit breitem Lächeln zeigte sie ihm ihre schlechten Zähne.

Peter richtete sich zum Sitzen auf und sah sich weiter um: Mehrere einfache Häuser – Hütten eher – erblickte er, mit Holzpfosten, Wänden aus lehmverputztem Flechtwerk und Schilfdächern. Sie hatten einen Eingang, aber keine Fenster. Alle Hütten waren von West nach Ost ausgerichtet, wie auf dem Plan der Archäologen die Muster der Pfostenlöcher, die sie entdeckt, vermessen und ausgegraben hatten.

Zwischen den Hütten konnte er ins Tal hinuntersehen. Wo sonst auf der Baustraße über dem tiefen Einschnitt der Kanaltrasse die schweren Laster entlangdonnerten und dabei Staubwolken aufwirbelten, breitete sich ein Sumpfgebiet mit Erlen und Weidengebüsch aus. Sogar das Quaken der Frösche drang bis zu ihm herauf, und erst jetzt wurde ihm bewusst, dass er offenbar in einer anderen Zeit – vielleicht der Latènezeit – aufgewacht war.

Seine Betrachtungen wurden von einem Tumult unterbrochen. Die Männer schienen sich um etwas zu streiten. Als er genauer hinsah, erkannte er, dass sie versuchten, sich gegenseitig seinen Spaten aus den Händen zu reißen. Dann hatten sie sich wohl geeinigt und kamen auf ihn zu. Einer der Männer hielt triumphierend den Spaten hoch.

Sie waren zwar alle mindestens einen Kopf kleiner als er, aber dafür waren es mehr. Die Situation schien bedrohlich zu werden.

„Vielleicht halten die mich für einen Feind, einen Römer, und wollen mich erschlagen?“, schoss es ihm durch den Kopf – wobei er nicht daran dachte, dass die Römer erst etwa vierhundert Jahre später in diese Gegend kommen würden.

Die beiden Frauen untersuchten inzwischen seine Arbeitsschuhe. Als die jüngere vorsichtig am linken Schnürsenkel zog, riss Peter sich mit einem Ruck los. Die Frauen wichen erschrocken zurück, er sprang auf die Beine, denen Gott sei Dank nichts fehlte, und rannte in Richtung auf das Tal davon. Hinter ihm gab es Geschrei.

Als er um die letzte der Hütten bog, stolperte er über seinen offenen Schnürsenkel und stieß gleichzeitig mit dem anderen Bein gegen etwas Hartes. Er schrie auf vor Schreck und Schmerz und fiel dann – mitsamt dem großen schwarzen Tontopf, den er übersehen hatte – kopfüber in die dahinterliegende Vorratsgrube.

Seine Landung war überraschend weich.

*

Als Peter wieder zu sich kam, erblickte er, wie durch einen Nebel, am Rand der Grube mehrere Gestalten, die auf ihn herunterstarrten. Dann lichtete sich der Schleier vor seinen Augen allmählich. Ihm fiel ein Stein vom Herzen, als er die besorgten Gesichter von Hans, Lugg, Matthias und Louise, ihrer Grabungsleiterin, erkannte.

Während die drei Bussarde noch immer über der Grabungsfläche kreisten, und der Lärm der Baufahrzeuge nach der Mittagspause wieder einsetzte, hatten sie ihn rasch freigeschaufelt und aus der zusammengebrochenen Grube herausgezogen. Alle waren erleichtert, als sich herausstellte, dass Peter offenbar nichts Schlimmes passiert war. Er klagte lediglich über Schmerzen am linken Fuß und am rechten Schienbein. Wegen der Verstauchung und leichten Prellungen hat ihn sein Arzt dann am Montagnachmittag für den Rest der Woche krankgeschrieben.

Dass sein Spaten, in dessen Stiel er seine Initialen eingeritzt hatte, nicht mehr da war, bemerkte Peter erst, als er am folgenden Montag wieder zur Arbeit erschien und sein Werkzeug aus dem Schrank holen wollte. Im Aushub der zusammengebrochenen zweiten Hälfte von Objekt 284 sei sein Spaten jedenfalls nicht zum Vorschein gekommen, versicherten ihm seine Kollegen. Und obwohl ihm alle bei der Suche halfen, tauchte der Spaten nicht wieder auf.

Martin Stauder

Der Katzenhasser

Foto: Rupert Klein

„Wartet einen Moment. Ich schalte noch das Radio aus. Heute schon das dritte Mal ‚Macht hoch die Tür'. Erst die Wiener Sängerknaben, dann der Thomanerchor und jetzt auch noch die Domspatzen. Das geht mir echt auf den Geist."

„Darf ich mir eine Zigarre anzünden? Mein Neffe war im Sommer auf Kuba und ..."

„In meiner Wohnung wird nicht geraucht, Bernhard, außerdem wird dir in der Hölle noch genug Rauch ums Gesicht wehen. Davon abgesehen, freue ich mich natürlich, dass ihr auch in diesem Jahr zu unserer alljährlichen Andacht zum Advent in meine bescheidene Wohnung gekommen seid. Viele Jahre schon pflegen wir diese Tradition, aber die Vergänglichkeit macht auch vor unserer Gemeinschaft nicht halt. Eigentlich wollte Friedrich uns heute erzählen, wie er zum christlichen Glauben gekommen war, aber vor einigen Wochen ist er von uns gegangen. Vielleicht erzählt er heute seine Geschichte den Engeln oder er sitzt zur Rechten des Teufels. Wer will das so genau wissen? Möge er in Frieden ruhen. Aus diesem Grund ist mir die Aufgabe zu Teil geworden, euch von meinem Kampf um den Glauben an unseren Herrn Jesu Christi zu erzählen. Ich kann aber die schmerzliche Lücke, die uns Friedrich hinterlassen hat, nicht füllen und muss euch leider enttäuschen. Ihr werdet keine fromme Lebensgeschichte aus meinem Munde hören, denn mein Weg war steiniger, als ich je erwartet hatte, und schon früh legte sich die Schlinge des Teufels um mich. Er krallte sich an meinem Zweifel im Glauben. Meine Seele trug anfangs nur wenig Schaden, doch der Höllenfürst krallte sich an meine Schwachheit und nagte an meiner Seele. Ich wusste nicht mehr zu beten, wie es sich gebührt, und der Teufel lachte mich aus. Nicht viel Zeit verstrich und ich liebte sein abscheuliches Lachen und seinen Spott. Ich verspürte eine neue Lust am Leben und fühlte mich zu seinem Diener berufen. So entflammte sich meine Seele für das Herz des Teufels und jede Eucharistiefeier wurde zur Qual.

Macht nicht solche ratlosen Gesichter! Bedenkt doch, als der Geist Gottes über den Wassern schwebte und einige Tage später in das Fleisch Adams Leben hauchte, da hatte der Teufel seine Krallen schon in die Höhe gehoben, er wartete nur noch auf den richtigen Moment, um über sein Opfer herzufallen. Wie ihr wisst, war es Eva, die dem Adam die Teufelsfrucht schmackhaft machte. Er biss in den Apfel und das Böse im Menschen war geboren. Der Lateiner weiß, diese Frucht wird ‚malum' genannt, was auch ‚Verderben' bedeutet. Und als im neunzehnten Jahrhundert der Gelehrte Archibald Flynt von der historischen Fakultät in Oxford behauptete, Karl der Große habe das große Heiligtum der Sachsen nur vernichtet, weil die Heiden den Stamm eines Apfelbaums anbeteten, war das natürlich eine abstruse Hypothese, die kaum ein Wissenschaftler ernst nahm. Allerdings hatte es sich wieder einmal gezeigt, dass der Teufel immer noch im Bewusstsein der Menschheit haust und sein böses Spiel treibt, wenn wir schwach in unserem Christenglauben sind.

Mein richtiger Name ist Waldemar. Ich trat damals dem Orden der Minderen Brüder bei, zu der Zeit, als mein geliebter Glaubensbruder Berthold in San Salvator lehrte und in seinen Predigten zur Umkehr durch Buße aufrief, wie auch der Apostel Petrus dem Volke predigte: ‚So tut nun Buße und bekehrt euch, dass eure Sünden getilgt werden.' Meine Zunge schmerzt fürchterlich, wenn ich aus der Bibel zitieren muss, aber leider kann ich das nicht ganz umgehen, denn Berthold war ein Mann Gottes, der die Heilige Schrift ernst nahm.

Ich war damals auch noch ein Christenmensch und war Zeit meines Lebens meinem Mitbruder Berthold sehr verbunden. Gerade deswegen war ich zutiefst erschüttert, dass der Teufel seine Seele vergiftete. Und ich sage euch, die ganze Welt war damals vergiftet. Vom Stuhle Petri wurde der

Kreuzzug gegen die Ketzerbande der Katharer initiiert, die den Teufel als Sohn Gottes anbeteten, und Papst Gregor IX. hasste die Katzen, weil er durch den ersten Inquisitor Deutschlands auf die Sekte der Luziferaner aufmerksam wurde, in deren Ritus der Satan angeblich als schwarze Katze erschien und abtrünnige Christen zu abscheulichster Unzucht verführte."

„Der ist doch schon ewig tot!"

„Wen meinst du, Heinrich?", fragt Bernhard.

„Den Bußprediger meine ich, der vor vielen hundert Jahren in der Minoritenkirche predigte."

Bernhard lässt seine Kaffeetasse fallen und lacht mich aus: „Du warst mit diesem Berthold befreundet? So ein Quatsch. Du könntest als Märchenerzähler Karriere machen."

„Ihr elenden Zweifler. Jesu, den ihr niemals zu Gesicht bekommt, glaubt ihr jedes Wort, aber an meinen Worten zweifelt ihr. Berthold war ein wahrer Gottesmann, der im Sinne des Heiligen Franziskus als Bußprediger durch die Länder zog und vor den Ketzern warnte, ‚die zu euch schleichen wie die Katzen'. Diese niedlichen Tiere waren auf einmal Ausgeburten der Hölle. Des Nachts schlichen sie durch Regensburgs Gassen und stießen Laute höllischer Kakophonie aus, wie auch Adam und Eva es taten, wenn sie ihre Nachkommen zeugten. Berthold wetterte von der Kanzel, dass so manchem Zuhörer die Schamesröte ins Gesicht stieg: ‚Ihr Fresser, ihr unkeuschen Leute, ich fürchte, ich habe manchen Fraß vor meinen Augen. Werdet nicht zu des Teufels Genossen, wie es die Katzen sind ...' Am frühen Morgen floss das Blut auf den Pflastersteinen und die Bürger wussten, der Bußprediger hatte wieder zugeschlagen. Berthold wollte erst in Frieden ruhen, wenn keine Katze mehr mit ihrem Atem den Hauch der Pest verbreitete. Freilich bemühte ich mich, Berthold umzustimmen, und wies nach, im Neuen Testament sei nirgendwo von Katzen die Rede, aber er ließ sich von meinen Argumenten nicht beeindrucken.

Wenige Tage vor seinem Tod predigte Berthold wieder gegen Ketzer und Katzen. Plötzlich geriet er ins Stocken. Ein eisiger Wind fegte durch das Gotteshaus. Irgendetwas huschte zwischen den Füßen der Menge. Einige

Damen kreischten, Angst schwitzte aus den Poren und Schminke perlte von den Wangen der Frauen herab. Berthold wusste nicht, was in die Leute gefahren war. Panik überfiel auch mich. Ein Schrei. Ellie, die Frau aus dem Schankhaus, fiel in Ohnmacht und musste herausgetragen werden. Und dann geschah etwas, was Berthold in seinen wüstesten Fantasien nicht auszumalen wagte. Eine Katze saß unten vor der Kanzel. Ich stand in der Menschenmenge, und weil ich meinen Kopf über andere Köpfe streckte, sah ich das Tier einige Ellen vor ihm sitzen. Drohend fauchte es mit erhobener Tatze. Berthold erstarrte ähnlich wie Lots Frau, die zur Salzsäule mutierte, als sie den zerstörten Sündenpfuhl von Sodom erblickte. Ich konnte nur ahnen, was in Bertholds Kopf vorging. Er blickte in die glühenden Augen der Teufelsbestie und musste dabei wohl in den Abgrund der Hölle geschaut haben, denn dass diese Katze keine gewöhnliche Katze war, musste auch ich erkennen. Berthold klammerte sich an das Pult. Seine Stimme zitterte noch, als er die folgenden Worte fand: ‚Hütet euch davor, ihr einfältigen Leut, dass ihr nicht zu Ketzern werdet.‘ Dann stieg er von der Kanzel und holte zum Tritt aus. Die Katze war aber schneller. Die Bestie flog in die Höhe, kreiste mehrmals um den glatzköpfigen Schädel des Predigers herum und verschwand durch eines der Glasfenster. Ich hatte noch nie eine fliegende Katze gesehen, jetzt wusste ich, es gab sie wirklich. Mir fiel es wie Schuppen von den Augen, als ich mich an die Schrift des Heiden Apuleius erinnerte, in der er von einer Zauberin aus Thessalien erzählt, die sich mit einer magischen Salbe einrieb und als Uhu davonflog. Eine Hexe, die fliegende Katze ist eine Hexe, fuhr es durch meine Gehirnwindungen und bleiern durchzog der Schreck meine Glieder, denn ich glaubte vom Teufel besessen zu sein. Ich hörte Bertholds mahnende Worte, aus meinem Gesicht war jeder Blutstropfen gewichen: ‚Habt ihr das verfluchte Katzentier gesehen? Sie hat sich dem Teufel zugewandt und erliegt den Täuschungen und Trugbildern der Dämonen, die sie zu dem Glauben verleiteten, sie fliege zu nächtlicher Stunde mit der Heidengöttin Diana auf dem Rücken eines Tieres. Hütet euch vor dieser verführerischen Ketzerin, die heimlich zu euch geht und spricht, sie wolle euch gut Ding lehren.‘

Berthold sorgte sich ernsthaft um seine Gemeinde. Sie bestand aus pummeligen Vielfraßen und sündigen Frauen, die sich grässlich schminkten und dadurch das Angesicht Gottes verfälschten, dessen Ebenbild sie waren. Aber auch ich hatte den Pfad zur Hölle bereits eingeschlagen, denn schließlich hatte ich die Ketzerin des Teufels gesehen. So wurde ich zum grübelnden Zweifler meines christlichen Glaubens. Ich hörte noch, wie Berthold in einen Psalm seines Ordensgründers rezitierte, der unser gottverlorenes Dasein umschrieb: ‚Erbarme dich meiner, Gott! Man tritt auf mir herum und quält mich den ganzen Tag. Meine Gegner lassen mir keine Ruh. Komm und hilf mir, Herr, Gott meines Heils.' Nach diesen Worten begab sich Berthold in die Sakristei und ich erlitt einen Schwächeanfall im Beichtstuhl."

„Willy, bist du eingenickt? Dreh doch mal die Heizung auf."

„Ich höre dir gerne zu, aber glauben muss ich dein Geschwätz nicht."

„Lass ihn doch weitererzählen, Heinrich, ich habe gar nicht gewusst, dass er solch schöne Geschichten auf Lager hat. Ich muss da an meine Großmutter denken, die an jedem Tag Märchen vorlas. Die Gebrüder Grimm. Andersens Märchen und ..."

„Fang jetzt nicht auch noch damit an, Ludwig. Wir wollen doch seine Geschichte zu Ende hören."

„Darf ich fortfahren? Also gut. Das Leben erzählt oft die schönsten Geschichten, aber die letzten Stunden in Bertholds Leben waren bitter.

Am 14. Dezember 1272, im Jahre eures verfluchten Herrn Jesus Christus, loderte kurz nach Mitternacht im Osten der Stadt ein heller Schein zum Himmel. Der Bußprediger wurde der Brandstiftung bezichtigt. 66 Katzen verloren in der brennenden Scheune das Leben, angeblich auch eine alte Frau, deren Leiche aber nie gefunden wurde. Berthold erschien nicht zum Termin der peinlichen Befragung. Seine Häscher stürmten das Kloster und betraten seine Zelle. Ich stand neben der Pritsche meines Freundes und erklärte: ‚Gott hat ihn zu sich gerufen.' Ich glaubte zwar, er würde in der Hölle schmoren, aber das mussten diese Leute nicht wissen. Auf dem Bettpfosten des Toten saß eine Bengalkatze. ‚Seht her, Berthold hat die Katzen geliebt, wie er auch die Gottesmutter geliebt hat‘, sagte ich und erklärte, das M auf der Stirn des Tieres bedeute Jungfrau Maria. Sie bekreuzigten sich und verließen die Zelle. Als Novize des Teufels wusste ich natürlich, das M stand für Malefica, das ist eine Frau, die durch Magie Schaden und Verderben bringt. Moses hatte über diese Frauen schon verkündet, man solle sie nicht am Leben lassen. Die Katze fraß die Krümel von Bertholds letztem Apfelstreuselkuchen.

Wenige Monate nach Bertholds Tod schied auch ich aus dem Leben und wurde neben dem Grab des Seligen in einer kleinen Seitenkapelle der Minoritenkirche gebettet, die dem Heiligen Onuphrius geweiht war."

„Ich glaube, jetzt drehst du völlig durch. Solch einen Unsinn höre ich mir nicht länger an!"

„Beruhige dich Willy. Ich habe mich in den letzten Jahren ebenso gedulden müssen, euren lammfrommen Geschichten zu lauschen. Es war eine viel größere Folter für mich als die paar Nägel im Fleisch eures HERRN Jesus Christus am Kreuz je hätten sein können."

„Du bist so bleich geworden!"

„Dann lasst mich endlich Farbe bekennen und unterbrecht mich nicht dauernd!

Im Dreißigjährigen Krieg riss uns der Teufel aus den Gräbern. Meine Knochen aber überstanden diese wirren Zeiten nicht und Bertholds sterbliche Überreste fanden irgendwann im Domschatz ein neues zu Hause, seine Grabplatte wurde im 19. Jahrhundert in einer Hauswand wiederentdeckt. Meine Ruhe war dahin. Ich fühlte mich Berthold immer noch verbunden und folgte ihm auf Schritt und Tritt. Des Nachts saß Bertholds Geist auf der Totenleuchte im Domgarten und trauerte seinem verschollenen Grabe in der Minoritenkirche nach. Seine Kirche war zu einem Museum für Gaffer verkommen und seine Grabplatte, die hier seinen endgültigen Platz fand, wurde nur noch als Dekoration für Touristen ausgestellt. Und das Schlimmste für ihn, es liefen immer noch Katzen in Regensburgs Gassen herum."

„Wenn ich dich richtig verstanden habe, willst du uns weismachen, du seiest ein Geist wie Berthold."

„Beweise uns das!"

„Ja, wir wollen einen Beweis!"

*

„Einen Beweis? Wenn ihr diesen Tag überlebt, werde ich es euch beweisen. Friedrich musste dran glauben, weil ich sein Geschwafel über das Christentum nicht anhören wollte. Sein Herz erfror und sein Blut verwandelte sich zu Eiskristallen. Ja, da schaut ihr und niemand bekommt den Mund mehr auf. So ist es gut. Dann kann ich ja fortfahren.

Letzte Nacht besuchte ich wieder die Minoritenkirche. Es war dunkel und einsam. Der Frost schlug mir entgegen. Nicht eine einzige Maus verlief sich hierher. Ein ziemlich unattraktiver Ort für eine Katze. Trotzdem hielt sich dort wieder diese Katze auf und ergötzte sich an den Krümeln, die der gefräßige Berthold unbedacht auf seiner Grabplatte hatte liegen lassen. Die Augen der Katze leuchteten wie das grüne Kristall vom Strand El Golfo auf Lanzarote. Gierig leckte sie über die Grabplatte des Seligen, bis kein Krümel mehr zu sehen war. Sie spürte den Luftzug, der durch die Mauerritzen drang. Grabplatten schwiegen pechschwarz an den Wänden. Plötzlich erhob sie ihre rechte Pfote und fletschte die Zähne. Jemand starrte sie an, düstere Augen aus einem Abgrund, wohin ihre leuchtenden Augen nicht zu blicken wagten. Der grauenvoll alles durchdringende Blick schnürte ihr den Hals zu und ein schwarzer Schatten flog über ihren Kopf. Ein kümmerliches Licht flackerte bescheiden auf und die Katze schielte nach oben. Eine glimmende Aura zog sich um die Konturen der schattigen Gestalt. ‚Jetzt habe ich dich, du Braut des Satans!', bollerte das grässliche Wesen. Die Katze sah die dunkle Faust auf sich zukommen und sprang zur Seite. Einen Bruchteil einer Sekunde darauf zog sich ein Riss quer durch die Grabplatte. ‚Ich kriege dich noch!', zürnte der grausige Mönch. In diesen Worten hallte sehr deutlich seine gekränkte Seele nach, die nach der Vernichtung eines bedeutungslosen Katzenlebens dürstete. Ich konnte diesen Unsinn nicht mehr mit ansehen, denn die Katzen waren meine Freunde, Geschöpfe meines HERRN und Gebieters.

Und dann sah ich, wie der Seelenschatten des Mönches sich über ein kleines Haus in der Heiliggeistgasse legte. Die alte Frau, die dort in ihrem Bett lag, wurde plötzlich aus dem Schlaf gerissen. Schweißgebadet schnellte sie in die Höhe und knipste die Nachttischlampe an. Die alte Pendeluhr schlug 2.00 Uhr. Ihre Katzen sprangen von der Bettdecke. An den Traum konnte sie sich nicht erinnern. Nur ein unheimliches dumpfes Echo schwappte wie ein lästiger Klebstofffaden aus den Untiefen ihres Inneren hervor. Sie erschrak, wusste aber nicht wovor. Sie hatte eine Stimme gehört, die ihr vertraut war. Bloß woher? Felicitas ließ sich wieder zurück ins Bett fallen. Es dauerte nicht lange und sie fiel wieder in Abgründe ihres tierischen Daseins.

Schließlich kam ich darauf, warum Berthold diese Frau ins Visier genommen hatte. Ach, es war schon so lange her, aber genau hier, wo sich der Flohmarkt dieser alten Frau befindet, brannte damals die Scheune nieder. In den Regalen stapelte sich aller möglicher Krimskrams. Blumenvasen, Zahnputzbecher, Würfelbecher, Schnapsgläser, Matrjoschkas, Perlenketten, Tarotkarten, Stromverlängerungskabel, kaputte Röhrenradios, defekte Fernseher, Readers-Digest-Bände und vieles mehr, was kein Mensch brauchte. Wenn Bertholds Seelenschatten durch den Laden flog, hörten Felicitas' empfindliche Ohren immer das entsetzliche Knistern, bis auf einmal alles dunkel wurde. Und wieder musste sie aus einer alten Holzkiste neue Glühbirnen hervorholen und sich vorsichtig durch den Laden tasten, an den nutzlosen Ladenhütern vorbei, die so nutzlos herumlagen wie tote Leiber im Krematorium. In solchen Momenten dachte sie an ihre 66 Katzen, die hier vor sehr langer Zeit einmal verbrannt waren.

Pünktlich um sieben Uhr klingelte ihr Wecker. Schüttelfrost bibberte durch ihre Glieder. Mühsam richtete sich die alte Frau auf und tastete sich mit einem Drang auf der Blase zur Toilette. Vor dem Bad lagen ihre Katzen, die Kehlen durchgeschnitten. Benommen öffnete sie die Tür und betrachtete ihr zerknittertes Gesicht. Ein grässlichen Schatten bäumte sich vor ihr auf. ‚Ich kriege dich noch!!', trommelte es durch ihre Ohren. Da erinnerte sie sich, wessen Stimme es war. Plötzlich knackste es. Ein Riss durchzog den Spiegel und teilte ihr Gesicht in zwei Hälften, auf der rechten Seite in das Antlitz einer alten Frau, und auf der linken Seite zog sich ein Katzenfell über ihr Gesicht, das Auge leuchtete grün, sogar Schnurrhaare waren zu erkennen. ‚Teufelsmönch!' krächzte Felicitas. Mit einem Faustschlag zerbrach der Spiegel und ihre Fratze zerfiel in tausend Splitter. Sie nahm das Fieberthermometer und wollte zurück ins Schlafzimmer. Im Türrahmen glaubte sie eine Lichtgestalt zu erkennen und plötzlich war das Fieber aus ihrem Körper entwichen. Es war aber nur das Tageslicht, welches in ihre Wohnung drang. Draußen krächzte ein Rabe auf der Dachrinne.

Ach, wie seid ihr ungeduldig. Ihr wollt den Beweis, dass ich ein Geist bin? Beim Teufel, ihr friert so fürchterlich, als wärt ihr in einer Kühlkammer. Bernhard, berühre dein Haar. Fühlst du das Eis in deinen Fingern? Ludwig, verdammt, deine Lippen sind blau. Schaut eure Hände an. Käseweiß. Willy, bewege dich oder bist du eingeschlafen? Ach so, du bist schon so träge wie ein Eisblock. Ungläubige Armleuchter, macht es doch dem Friedrich nach. Euer Herz soll gefrieren im Angesicht der frohen Botschaft. Wie langweilig es geworden ist. Schade, niemand redet ein Wort. Tut mir leid, da gehe ich lieber zur alten Felicitas. Vielleicht schenkt sie mir eine Katze, die mir lieblich ins Ohr miaut. Wie fürchterlich es draußen schneit. Mein Gebieter verscharrt die Stadt unter seinem Leichenhemd. Macht es gut, ihr Eisklötze. Vielleicht taut euch der Heiland wieder auf."

*

Den Beweis meiner Geisterexistenz konnte ich ihnen leider nicht erbringen. Niemand drehte sich um, niemand blickte mir nach, als ich durch die Hauswand flog. Nur euch, liebe Leser, ist es geboten, die Ereignisse weiterzuverfolgen, die sich an diesem Tage zugetragen haben. Und es war ein besonderer Tag. Denn heute am 14. Dezember gedachten die Regensburger des seligen Bertholds, der vor vielen hunderten von Jahren an diesem Datum für immer aus dem Leben schied, und die museale Kirche für Gaffer wurde ausnahmsweise zur Heiligen Stätte.

Den ganzen Tag schon hatte sich Berthold in einer schwarzen Wolke über der Minoritenkirche verschanzt und schleuderte Wind und Schneeflocken über die Stadt. Ich war mir sicher, dass er für den Wintereinbruch verantwortlich war. Und es war auch so. Als ich nämlich die Andacht zum Advent verließ und mich der schwarzen Wolke näherte, hängte mein neugieriger Freund seinen Schädel aus dem Gewölk heraus, um seinen Reliquienschrein zu betrachten, der vom Dom bis hierher vor die Kirchentür getragen wurde. Dummerweise fiel dabei sein Scheitelkäppchen in die Tiefe und landete auf Felicitas' Kopf. Sie erschrak, nahm es in die Hand und fuchtelte damit in herum. „Bertholds Mütze!", schrie sie aufgeregt. Eine Ewigkeit musste sie wohl den Kleidungsmief ihres Widersachers in der Nase gehabt haben, sonst hätte sie das Käppchen nicht erkannt. Felicitas war stinkewütend, denn sie machte den Mönch für die Sabotage an ihrer Kaffeemaschine verantwortlich. Am Nachmittag war durch die Ritzen des Gerätes stickiger Rauch hervorgequollen und es hätte nicht viel gefehlt, und ihre Wohnung wäre einem Brand zum Opfer gefallen. „Er will mich wieder verbrennen, der Ketzer", fluchte sie, warf die Kaffeemaschine ins Klosett und kippte einen Eimer Wasser darüber. Und jetzt schaute sie grimmig in diese grässliche schwarze Wolke, die über dem Dach der der Kirche hing.

Nur wenige wagten es, bei dieser Kälte die Kirche zu betreten. Man ahnte wohl, es werden nicht so viele Menschen kommen wie zu Lebzeiten des Bußpredigers, darum wurden nur in der weiträumigen Apsis Stühle aufgestellt. Einige Stuhlreihen blieben sogar leer. Auf den Leuchtern flackerte Licht, auch die Treppenstufen, die zur Apsis führten, waren beidseitig mit einer Schar von Kerzen versehen, sodass die Gläubigen, von dieser feierlichen Atmosphäre ergriffen, schweigend den Ort betraten und sich in Geduld übten, bis die Heilige Messe begann. Bertholds Reliquienschrein stand abseits des Altars und wirkte verloren. Niemand wagte, Bertholds Knochen aus der Nähe zu betrachten, erinnerten sie doch zu sehr an die eigene Vergänglichkeit. Der Glaube an die Auferstehung vermochte bei diesem Anblick zu versagen. Ich rieb mir freudig die Hände, denn einige von ihnen werden in der Hölle auferstehen. Es war so ruhig wie auf dem

Friedhof. Felicitas betrat die Kirche und verwandelte sich in eine Katze. Niemand bemerkte das, nur ihr Miauen irritierte einige Besucher. Was hat eine Katze in der Kirche verloren, mochten sie gedacht haben, aber ich war zu bequem, um in ihre Gedanken zu schauen. Die Katze hüpfte auf einen Steinsarg. In ihren grün leuchtenden Augen spiegelte sich die Schar der Kerzenlichter. Die Schnurrhaare bebten wie die Spieße über dem Höllenfeuer. Ich freute mich über die eisige Kälte in der Kirche, sie hatte etwas, was meiner Natur entsprach. Die Gemeinde stand auf und der Bischof betrat mit seinem Gefolge das Gotteshaus. Die Orgel setzte mit gemächlichen Akkorden ein, Weihrauch wehte um den Altar. Ich schubste den Organisten zur Seite und setzte mich selbst an die Orgel. So brachte ich Dissonanzen in diesen abscheulich frommen Gesang. Die Gläubigen zitterten vor Kälte. Jemand schnäuzte sich die Nase, ein anderer verlor das Faltblatt mit den Kirchenliedern. Noch merkte niemand, wie die schwarze Wolke durch die Kirchendecke drang. Was für eine Freude war es, aus dem Alten Testament die Worte des heidnischen Wahrsagers Bileam zu hören. Wie naiv aber ist es zu glauben, dieser Wahrsager hätte die Geburt ihres Heilandes prophezeit. Warum hatten die Israeliten ihn dann erwürgt?

Der Bischof erblickte die schwarze Wolke, setzte aber verbissen seine Predigt über den angeblich prophetischen Weitblick des Bileam fort. Schließlich wollte er die Gemeinde nicht beunruhigen. Friedlich lauschten sie den Worten ihres Bischofs, den sie nicht jeden Tag zu Gesicht bekamen. Doch plötzlich rieselte Putz von der Wand. Die Leute schauten sich nach allen Seiten um. Einige schrien, als sie das dunkle Unheil entdeckten, das ihnen die Sicht raubte. So blieb es den Menschen verborgen, wie sich das gotische Fresko, welches den seligen Berthold darstellte, von der Wand löste und der Putz auf den Boden rieselte. In diesem Augenblick setzte das entsetzliche Kreischen der Katze ein, die ganz hinten im Kirchenschiff auf dem Sarg wild mit den Tatzen fuchtelte. Ihr Kreischen trieb das Blut aus den Gesichtern der Menschen und Notenblätter flatterten wie sterbende Fledermäuse zu Boden. Auch Kerzen lösten sich aus den Händen der Gläubigen. Lichter erloschen. Es war schon düster, als der Selige Berthold aus der Wolke nach vorne zum Altar schwebte. Er flog an einer Nonne vorbei und streifte ihre Kutte. Sie saß ganz außen in der Reihe und schrie entsetzt auf. Sie bekreuzigte sich und fiel leblos vom Stuhl. Panik brach aus. Alle sprangen auf und wollten fliehen. Doch niemand traute sich durch die furchtbare Wolke, die sich hinter den Stühlen aufbäumte, zu laufen.

„Ihr Sünder, ergreift die heilige Buße!", rief Berthold und einer nach dem anderen ging zu seinem Platz zurück. Das Licht auf dem Altar flackerte. Es miaute ein zweites Mal. Die Augen der Katze leuchteten aus der schwarzen Wolke.

„Bischof, hast du nicht die Bestie gehört, die Ketzerin und Verführerin?", fragte Berthold.

Jetzt fängt er schon wieder damit an, dachte ich und der Bischof rang um Worte: „Wer bist du? Es ist nur eine Katze. Lass sie doch miauen."

Berthold machte ein finsteres Gesicht und wollte dem Bischof die Leviten lesen. Er kam nicht mehr dazu, denn die Bengalkatze mit dem heiligen Mal des Teufels auf der Stirn wirbelte aus der finsteren Wolke hervor und hob fauchend ihre Tatzen, als sie drei Meter vor dem Mönch auf dem Boden landete. Die Leute und sogar der Bischof erkannten, dass dies keine gewöhnliche Katze war. Niemand wagte ein Wort zu sprechen. Der Bischof verließ die Kanzel und setzte sich hinter dem Altar auf einen Stuhl und schlug die Hände vors Gesicht. Ich drang in seine Gedanken. Er erinnerte sich an Bertholds Missionspredigten, die er selbstverständlich gelesen hatte. „Die Katzen, die Katzen, die hat er wahrlich nicht geliebt", dachte er und hoffte, dieser Albtraum werde ein Ende finden.

Für das, was ich jetzt vorhatte, brauchte ich kein Publikum. Also sorgte ich dafür, dass sich die Temperatur in der Minoritenkirche noch einige Dutzend Grade senkte. Es war herrlich anzusehen, wie die Herzen der Menschen vereisten und keiner von ihnen nicht einmal einen Finger mehr rühren konnte. Die Katze aber hob immer noch ihre Tatzen, als wollte sie dem Seligen die Augen auskratzen.

„Beruhige dich, Felicitas", zischte ich und sie senkte ihre Pfote.

Berthold erkannte mich sofort: „ Waldemar, du?"

„Gerade der Hölle entsprungen“, scherzte ich.“

„Hast du einen Höllenspieß dabei? Die Katze würde herrlich schmoren.“

„Werde nicht albern, Ketzermönch. Ich weiß, warum du wirklich die Katzen hasst.“

Berthold erschrak fürchterlich: „Ich warne dich. Halte den Mund!“

Ich lachte ihn aus, diesen Angsthasen: „Warte. Ich taue den Bischof auf, damit er es mit anhören kann.“

„Tu es nicht. Tu Buße, aber tu es bitte nicht.“

„Quacksalber. Eine Katze fraß deinen Apfelstreuselkuchen auf, als du fünf Jahre alt warst.“

Berthold erschrak so furchtbar, dass sich die dunkle Wolke in Nichts auflöste. Er schielte zum Bischof hinüber und dann zu den Menschen. Alle waren noch in Eis gehüllt. Und Felicitas, als sie aus meinem Munde die Ursache von Bertholds Katzenhass vernommen hatte, kochte vor Wut und fuhr mit einer Tatze über sein Gesicht.

„Jetzt sieht er aus wie der Teufel“, kreischte die alte Hexe, als das Blut über die Wangen des Mönches rann. Sie erhob sich in die Luft, machte einige Kreisbewegungen und verschwand durch ein Glasfenster.

Ich ließ die Temperatur in der Kirche um einige Dutzend Grade nach oben schnellen und belegte Berthold mit einem Teufelsfluch, sodass er den Menschen für immer sichtbar blieb. Das Eis schmolz, die Kirche stand unter Wasser und alle sahen den zu Stein gewordenen Berthold. Das einzig Lebendige an ihm waren die Kratzspuren und das Blut auf seinem Gesicht. „Er sieht aus wie der Teufel“, sagte jemand. Von dieser Stunde an sprach man vom Teufelswunder in der Regensburger Minoritenkirche und viele pilgerten dorthin.

Rolf Stemmle

Die Ungezieferversicherung

Foto: Michael Koob

Wieder hatte Lutz schlecht geschlafen. Immer vor Terminen beim Jobcenter der Arbeitsagentur schlief er schlecht, und immer musste er den gleichen Albtraum durchleiden: Er steht mit Interessenten vor einem Immobilienobjekt, und in dem Augenblick, als er die Haustüre aufsperren möchte, verpufft das Gebäude. Die Kunden zeigen mit ihren Blicken, dass er nun als Scharlatan entlarvt ist, und Lutz fehlt jede Verteidigungsmöglichkeit, weil er ja wusste, dass das Objekt in Wahrheit ein Bluff gewesen ist. Die Kunden fallen anschließend über ihn her und entwickeln sich dabei zu Kannibalen. Er unterliegt. Kurz vor seinem Tod, als ihm das Herz entrissen wird, wachte er jedes Mal schweißgebadet auf.

Natürlich war der Albtraum überzogen, denn Lutz hatte als Mitarbeiter des Maklerbüros Klug & Schein niemals ein Objekt zu vertreiben, das gar nicht existierte, wohl aber welche mit zahlreichen Mängeln, die es zu verbergen galt. Lutz war in den zwei Jahren seiner Anstellung bei Klug & Schein zwangsläufig zu einem ausgefuchsten Lügenbaron geworden. Dass sein Chef schließlich verhaftet, zu einer Gefängnisstrafe verurteilt und mit Berufsverbot belegt worden war, hatte ihn mehr erleichtert als betrübt. Die kriminellen Machenschaften von Olaf Schein und deren Folgen hatten Lutz zwar arbeitslos gemacht, aber auch aus einer Lage befreit, aus der er aus eigener Kraft nicht hätte entfliehen können.

Nun also war er abermals auf Jobsuche. Er hoffte nichts sehnlicher, als endlich wieder eine Stelle zu finden, die seinen Neigungen entsprach. Die letzte, die eine solche Qualität besaß, hatte er vor fast zehn Jahren als Vertriebsdisponent bei einem Pralinenhersteller gehabt. Seine Hoffnung, erneut eine passende Anstellung zu bekommen, war nicht groß, denn die Angebote waren schauderlich und die Geduld des Jobcenter-Vermittlers ausgereizt.

Deshalb hatte Lutz in den Nächten vor Tagen, an denen ein Termin bei diesem Vermittler anstand, regelmäßig einen schlechten Schlaf – mit jenem Albtraum.

„Ich hab da was für Sie!", sagte der Vermittler wie üblich. Herr Falter rückte seinen Stuhl zu seinem Computer. Er klickte einige Male mit der Maus und ein Blatt Papier fuhr aus dem Drucker. Das legte er stolz vor Lutz. „Versicherungsmakler im Außendienst! Die Firma sitzt in Sulzbach-Rosenberg!"

Lutz nahm das Blatt und überflog die Informationen. „Die wollen einen Versicherungskaufmann und keinen Bürokaufmann."

Herr Falter hob seine Stimme: „Herr Schneider, wir beide wissen aus Erfahrung, dass solche Kleinigkeiten in der Praxis keine Rolle spielen. Sie sind jetzt kaum 35 und haben schon so viel Ausbildungsfremdes gemacht. Da!" Er blickte in die Akte. „Sie haben erfolgreich als Immobilienmakler gearbeitet, und zwar ohne Ausbildung zum Immobilienkaufmann. Sehen Sie!" Er hielt Lutz die Stellenausschreibung entgegen. „Hier steht auch: Interesse an einer Außendiensttätigkeit. Und das haben Sie ja wohl!"

Lutz verstand die Drohung.

„Entscheidend für einen Arbeitgeber ist das Engagement, das ein Bewerber mitbringt", fügte Herr Falter an. „Und da mache ich mir diesmal bei Ihnen gar keine Sorgen! Denn für irgendwas müssen Sie sich ja interessieren!"

Lutz wusste keine Antwort. Er hatte in den vergangenen Wochen so viele Vorschläge zurückgewiesen, dass er sich eine neuerliche Weigerung nicht erlauben konnte. Zögernd nahm er also den Computerausdruck, faltete ihn und schob das Blatt in seine Jacketttasche.

Eine Woche später schlief Lutz wieder schlecht, und ihn quälte abermals jener Albtraum. Um fünfzehn Uhr hatte er einen Termin beim Versicherungsbüro Karl Kamolake in der Altstadt von Sulzbach-Rosenberg.

Lutz lebte auf einem Dorf zwischen Neumarkt und Amberg in einer eilig hochgezogenen Siedlung. Trotz der ländlichen Lage war die Miete überteuert, gerade noch so, dass er sich die Wohnung leisten konnte.

Er fuhr mit dem Wagen nach Sulzbach-Rosenberg und parkte in der Schloss-Tiefgarage am Luitpoldplatz. Nur wenige Meter nach der Schranke führte die Fahrbahn abwärts ins untere Parkdeck. Die Stellplätze waren alle belegt. Der Rundweg leitete ihn über eine Rampe in ein etwas höher gelegenes zweites Deck. Hier gab es noch Plätze. Er stellte sein Auto in der Nähe des Treppenaufgangs ab.

Das Versicherungsbüro von Karl Kamolake wirkte ein wenig schäbig. Das war der erste Eindruck von Lutz, als er vor dem Eingang stand. Es lag in einer Seitengasse. Die Häuser waren zwar saniert, doch die meisten wohl vor so langer Zeit, dass eine Renovierung notwendig gewesen wäre.

Vermutlich wurde das Büro früher als Ladenlokal benutzt, denn es schellte eine Glocke, als Lutz durch die Glastüre trat. Unangenehme Feuchtigkeit und Wärme schlug ihm entgegen. Aber niemand kam offenbar auf die Idee zu lüften. Im Eingangsbereich arbeitete eine etwa fünfzigjährige, schlanke Frau hinter einem Schreibtisch. Ihr dunkelglänzendes Kleid mit hochgeschlagenem Kragen wirkte chic, aber gleichzeitig auch speckig. Sie trug eine auffällige schwarze Brille. Gerade tippte sie Daten, die sie von einem der zahllosen Papiere auf ihrem Arbeitsplatz ablas, in einen Computer. Neben dem Bildschirm stand ein Teller mit einer angebissenen Brotscheibe. Sie war bestrichen mit einer bräunlichen Fleischpastete. Lutz fiel die Speise auf, denn er ekelte sich davor. Sie machte den Eindruck, als sei sie bereits angeschimmelt.

Die Frau sprang auf, als sie Lutz bemerkte.

„Ah, Sie sind Herr Schneider, stimmt's?"

„Grüß Gott, ja. Ich bin wegen ..."

„Wegen der Stelle. Ich weiß. Ich bringe Sie sofort zu meinem Mann."

Herr Kamolake war ebenfalls ungewöhnlich schlank. Eine schwarze Brille mit runden Gläsern beherrschte sein Gesicht. Er saß hinter Stapeln von

Papieren. Es schien, als sei er mächtig im Geschäft. Vielleicht war er auch nur sehr unordentlich. Mit hektischen Bewegungen lochte er gerade einige Blätter.

Der Raum besaß lediglich ein kleines Fenster, das mit einer Jalousie verhängt war. Nur eine Schreibtischlampe brannte. Lutz entdeckte am Schreibtisch einen Teller. Auf ihm lag ebenfalls eine Brotscheibe mit diesem ekelerregenden Aufstrich.

„Das ist Herr Schneider“, sagte die Frau.

„Danke dir, Herzchen“, flötete Herr Kamolake. Die Frau zog sich zurück, und Kamolake bat Lutz, auf dem Stuhl vor dem Schreibtisch Platz zu nehmen. „Meine Frau Karin“, erklärte er noch.

Herr Kamolake nahm einen Bissen vom Brötchen und begann, sich und seine Firma vorzustellen. Er zählte auf, in welchen Versicherungsbereichen er tätig war – nämlich in sehr, sehr vielen. Dann sollte Lutz von seinen bisherigen Anstellungen erzählen. Lutz beschrieb also, was er gelernt und gearbeitet hatte. Da er oftmals von sich aus gekündigt oder bald wegen Rationalisierungsmaßnahmen oder Schließungen seine Jobs verloren hatte, gab es viel zu berichten. Herr Kamolake hörte interessiert zu und biss dabei in kurzen Abständen vom braunschimmernden Brot ab.

Schließlich kam er zur Sache: „Ich habe etwas Besonderes für Sie!“

Lutz schluckte, denn er wusste, wenn Vorgesetzte so etwas sagten, hatte das meist nichts Gutes zu bedeuten.

„Die InterUnion hat eine neue Versicherung auf den Markt gebracht, die ich ins Programm aufgenommen habe: eine Ungezieferversicherung.“ Er holte aus. „Ich muss ganz offen zugeben, dass ich dieser Versicherung skeptisch gegenüberstehe. Aber die InterUnion besteht darauf, dass sie von allen Vertragspartnern offensiv vermarktet wird. Die Begründung für diese Innovation klingt schlüssig: Die Wohnungen sind heute oft in einem schlechten Zustand und werden mit billigem Material gebaut. Da hat man rasch Schädlinge im Haus.“

Lutz nickte und erinnerte sich daran, dass bald nach seinem Einzug seine Küche von Schaben bevölkert worden war. Die Wände waren nach dem Bau kaum ausgetrocknet, und so hatte das Ungeziefer ideale Brutbedingungen vorgefunden. Es war grauenvoll gewesen! Und ein langwieriger Kampf musste folgen, um das Getier wieder loszuwerden.

„Falls wir zusammenkommen, möchte ich daher Ihnen die Vermarktung dieser Versicherung überantworten. Bei Schädlingsbefall ersetzt die Versicherung alle Kosten, von der Mausefalle bis zum Kammerjäger, außerdem die Schäden von der angefressenen Salami bis zum wurmdurchlöcherten Dachbalken."

„Brauchen die Leute denn so etwas?", fragte Lutz.

„Eine sehr gute Frage, Herr Schneider!" Seine Augen leuchteten hinter den Brillengläsern. „Das frage ich mich auch! Aber wie gesagt, die Versicherung muss eingeführt werden. Wir sind zwar ein sehr erfolgreiches Büro, gleichwohl ohne Einfluss auf die Entscheidungen der Großen!"

Lutz nickte. Er verstand, was Kamolake meinte.

Kamolake schob den Rest des Brotes mit einer raschen Bewegung in den Mund. „Ich werde noch ein paar Vorstellungsgespräche führen, aber ich melde mich binnen einer Woche. Wenn ich mich für Sie entscheide, kann es zügig zum Vertragsschluss kommen." Damit entließ er Lutz.

Als er sich im Vorraum auch von Frau Kamolake verabschiedete, winkte sie ihn heran. Sie flüsterte: „Sagen Sie bitte unbedingt ja! Mein Mann wird Sie nehmen, garantiert! Er braucht Sie dringend!"

Lutz schluckte und stotterte: „Ja ... ja ..." Etwas anderes brachte er nicht hervor. Eilig verließ er das Büro.

Tatsächlich rief Karl Kamolake vier Tage später an und bat Lutz zur Unterzeichnung des Arbeitsvertrages. Lutz hatte diese Entscheidung befürchtet, aber er sagte zu – mit Rücksicht auf Herrn Falter vom Jobcenter.

Er kam an diesem Morgen nur schwer aus dem Bett. Um zehn Uhr sollte er im Büro Kamolake sein. Das Müsli schmeckte nicht, und der Kaffee half nur wenig, seine Lebensgeister zu wecken.

Kamolake hatte am Telefon gesagt, er solle bitte pünktlich sein, weil sein Tag voller Kundentermine sei. Lutz wollte das Arbeitsklima nicht gleich zu Beginn durch Unzuverlässigkeit beschädigen. Er fuhr also rechtzeitig los und wollte wiederum die Schlossgarage ansteuern, dort, wo er schon beim Vorstellungsgespräch hatte parken können. Doch auf seiner Strecke traf er bald auf ein zeitraubendes Hindernis: eine geschlossene Schranke an einem Bahnübergang. Da die Straße dicht befahren war, hatte sich bereits eine lange Warteschlange gebildet.

„Die lassen schon die Schranke herab, wenn der Zug noch hundert Kilometer entfernt ist", fluchte Lutz. Er schaltete den Motor aus und blickte auf die Hecktüren des Lastwagens vor ihm. Die Fläche war so riesig, dass Lutz weder die Autos im vorderen Bereich der Schlange noch den Bahnübergang sehen konnte. Freie Sicht hatte er nur durch die Seitenfenster.

Auf die Hecktüren war ein Männchen gemalt, eine Werbefigur einer Firma für Sanitärbedarf, zu der dieser Lastwagen gehörte. Das Männchen trug eine ähnliche Brille wie Frau und Herr Kamolake. Eine witzige Zeichnung, trotzdem fröstelte es Lutz bei deren Anblick. Er stierte auf das Männchen. Wartete und wartete.

Endlich ging es weiter. Die Entfernung zum Lastwagen vergrößerte sich. Lutz startete den Motor und setzte seinen Wagen in Bewegung. Der Stau löste sich auf.

Nun hatte er es eilig. Die Uhr zeigte bereits neun Uhr vierzig, und er musste noch über ein gutes Stück Landstraße, durch einen Vorort, bis hinein ins Herz von Sulzbach-Rosenberg.

Alle Ampeln standen auf Grün, weshalb er zügig vorankam. Sein Tempo steigerte sich, und er bremste auch nur um das Nötigste ab, als er rechts abbiegen musste. Plötzlich schlug ein Gegenstand an die Beifahrertür. Eine Person flog durch die Luft, schoss über die Fronthaube und stürzte auf die Straße. Eine Radfahrerin! Lutz hatte sie übersehen.

Er hielt den Wagen an und sprang heraus. Die Frau lag mit dem Gesicht auf dem Asphalt. Eine Blutlache hatte sich gebildet. Ihre Glieder waren verdreht und geknickt. Sie tat nichts, um diese schmerzvolle Körperhaltung zu korrigieren. Also musste sie ohnmächtig sein.

Das war sein erster Gedanke. Der zweite: Er hatte die Frau schon einmal gesehen.

Als er bei ihr kniete und ihren Oberkörper zur Seite drehte, um den blutigen Kopf vom Asphalt zu ziehen, erkannte er sie: Es war Frau Kamolake. Ihre Augen waren ohne Leben, sie atmete nicht. Lutz hatte sie umgebracht! Die Frau seines künftigen Chefs!

Lutz blickte um sich. Die Umgebung war seltsam unbewegt. Obwohl er sich mitten in einer Ortschaft befand, waren weder Menschen noch Autos unterwegs. Die Häuser um ihn schienen wie unbewohnt. Wenn Lutz also schnell handeln würde, konnte er den Unfall vertuschen. Er warf das Fahrrad in den Straßengraben. Dann hob er die Leiche von Frau Kamolake in seinen Kofferraum. Im Nu waren alle Spuren beseitigt. Nur der Blutfleck blieb zurück. Aber den würde der nächste Regen wegwaschen, dachte er. Und weiter: Nach dem Termin bei Herrn Kamolake habe er genügend Zeit, die Leiche irgendwo zu vergraben.

Lutz raste weiter, passierte das Ortsschild „Sulzbach-Rosenberg“ und gelangte endlich an die Tiefgarage am Schloss. Glücklicherweise zeigte die elektronische Tafel das Wort „Einfahrt“ auf grünem Grund. Es sollte demnach noch freie Plätze geben. Lutz zog am Ende der Einfahrtsrampe ein Ticket und fuhr weiter abwärts ins untere Deck. Hier waren sämtliche Stellplätze belegt. Lutz folgte dem Rundweg und erreichte das höhergelegene zweite Deck. Doch er hatte Pech. Obwohl das Einfahrtsschild ja freie Plätze angezeigt hatte, war die Tiefgarage voll. Lutz geriet in Panik. Er würde zu spät kommen!

Zu seiner Erleichterung hörte er, dass ein Wagen an die Ausfahrtsschranke heranfuhr und schließlich die Garage verließ. Es musste folglich ein Platz freigeworden sein.

Lutz setzte seine Suche fort. Am Ende des Decks mündete der Rundweg in den Ein- und Ausfahrtsbereich. An dieser Stelle konnte er nochmals ins erste Deck hinabfahren. Verwundert und enttäuscht musste er feststellen, dass die Autos rechts und links in geschlossenen Reihen nebeneinanderstanden. Keine einzige Lücke war auszumachen.

Lutz wollte abermals hinauf ins zweite Deck. Kurz vor der Rampe entdeckte er jedoch eine weitere Rampe. Sie war ihm vorhin gar nicht aufgefallen. Das verblüffte Lutz. Offenbar führte sie in eine Parkebene, die noch viel tiefer lag.

Die Rampe leitete ihn schraubenartig weit abwärts. Die Beleuchtung reduzierte sich. Lutz zweifelte allmählich, ob dieser Bereich noch zum öffentlichen Teil der Garage gehörte. Vielleicht hätte er doch auf das Freiwerden eines Stellplatzes in den oberen Etagen warten sollen.

Endlich erreichte er dieses zusätzliche Deck. Es war sehr viel kleiner als die obigen. Überall lag Sperrmüll: alte Küchenmöbel, Sofateile und Matratzen. Nirgends konnte man parken. Ein Zugang zum Treppenhaus fehlte. Vorsichtig suchte Lutz nach einer Fahrbahn zwischen den Gegenständen, in der Hoffnung, doch noch einen Stellplatz auszumachen. Auch wenn er sich inzwischen unwohl fühlte: Jetzt war er schon hier, überlegte er, und der Termin bei Kamolake drängte.

Es gab tatsächlich einen einzigen Stellplatz. Er war, kaum sichtbar, mit dunkelgrünen Linien angezeichnet.

Lutz parkte und sprang aus dem Wagen. Es war ungewöhnlich warm hier, und es herrschte eine hohe Luftfeuchtigkeit. Das Klima erinnerte ihn an das Versicherungsbüro Kamolake.

Gerade, als Lutz zur Rampe eilen wollte, ein anderer Aufgang war ja nicht vorhanden, kletterte ein Mann aus einem Schacht an der Seitenwand. Der Schacht schien extrem eng zu sein, beinahe eine Ritze, denn der Unbekannte musste sich schlanker machen, als er ohnehin schon war, um hindurch zu passen. Er trug eine schwarze Brille.

„He, warten Sie mal!“, rief der Mann.

Lutz hielt an und wandte sich zu dem Herren. „Ja, bitte?“, fragte er.

Der Mann kam auf ihn zu. Er lief schnell und stoppte ruckartig. „Ich würde gerne einen Blick in Ihren Kofferraum werfen." Die Bitte klang höflich, aber drohend nachdrücklich.

„Wieso?", entgegnete Lutz. Er war verwirrt wegen der seltsamen Erscheinung des Herrn, und weil er offenbar sein Geheimnis kannte.

Der Unbekannte wischte mit einer Hand über seine Brille. „Ich denke, Sie wissen warum!"

Ein zweiter Mann mühte sich durch eine andere Ritze in der Wand. Er stand im Nu beim ersten und baute sich vor Lutz auf.

Lutz spürte, dass es kein Entkommen gab. Die Herren waren von beängstigender Schnelligkeit; auch schienen sie trotz ihres drahtigen Körperbaus sehr kräftig zu sein. Lutz bemerkte ein zweites Paar Arme, das jeweils aus ihren Bäuchen ragte. Auf ihren Köpfen wippten dunkle Ruten, womöglich Fühler. Ja, die Herren glichen den Schaben, die sich vor einiger Zeit in seiner Küche eingenistet hatten. Gelbbraunes, langbeiniges Ungeziefer mit schwach entwickelten Flügeln und so flachem Leib, dass sie durch die kleinsten Fugen passten.

Ein dritter kam dazu, und ein vierter. Und im nächsten Moment war Lutz umringt von einer ganzen Horde dieser Schaben-Gestalten. Sie stanken allesamt nach Moder und Schimmel. Mit Püffen drängten sie Lutz vor sich her, bis er mit dem Rücken gegen sein Auto stieß. „Los, du Schuft, mach den Kofferraum auf!", kreischten sie wild durcheinander. Lutz schrie um Hilfe, doch das Parkdeck schien jenseits des Überwachungsbereiches zu liegen. Nirgends waren Kameras zu sehen. Rettung durch einen Parkhauswächter war also nicht zu erhoffen! Schließlich packte ihn die Horde mit ihren vielen, vielen Armen. Einer der Schabenmänner griff in die Hosentasche von Lutz, zog den Autoschlüssel hervor und öffnete den Kofferraum. Die Leiche von Frau Kamolake krümmte sich darin wie ein erschlagenes Insekt.

Der erste Schabenmann rief: „Das wird Herrn Kamolake interessieren!"

Unmittelbar darauf kroch der Versicherungsunternehmer aus einem Spalt. Auch er hatte nun die Gestalt einer Schabe angenommen. Blitzschnell war er an der Leiche seiner Frau. „Karin!“, heulte er auf. „Dieses menschliche Ungeheuer hat dich ermordet!“ Er warf sich über ihren Körper und schluchzte. Dann erhob er sich und sprang vor Lutz. „Das wirst du büßen!“ Er schlug Lutz in die Magengrube. Lutz jaulte auf. Kamolake rief seinen Artgenossen zu: „Los, wir machen aus ihm, was meine Karin am meisten liebte!“ Alle schrien im Chor: „Fleischpastete!“ In ihrer Begeisterung zerrten sie Lutz zu Boden und rissen ihm die Kleider vom Leib. Ein gigantischer Fleischwolf wurde von weiteren Schaben hereingeschoben. Gemeinsam hoben sie Lutz, der kläglich um Gnade winselte, über den Trichter. Unter ihm drehte sich mit metallischem Quietschen die Förderschnecke. Im nächsten Moment würden sie ihn fallen lassen.

Plötzlich hupte es. Kam Hilfe? Der Parkhauswächter?

Lutz öffnete die Augen. Er blickte auf den Bahnübergang, er war etwa fünfzig Meter entfernt. Die Schranken waren inzwischen hochgefahren, soeben holperte der Lastwagen des Sanitätshauses über die Gleise. Es hupte nochmals. Das Getön kam vom Wagen hinter ihm.

Lutz startete hastig und schoss dem Lastwagen hinterher. Er wollte dem ungeduldigen Autofahrer beweisen, dass er kein Schläfer, sondern ein sportlicher Verkehrsteilnehmer war, der nur eine kleine Gedankenpause eingelegt hatte.

Die Tiefgarage am Schloss bot ihm gleich im ersten Deck einen Parkplatz, unmittelbar neben dem Treppenaufgang. Bevor er an die Oberfläche stürmte, sah er in seinen Kofferraum. Er war leer, bis auf ein Überbrückungskabel, Sicherheitswesten und den Verbandskasten.

Als er das Versicherungsbüro Kamolake betrat, schlug ihm wieder diese unangenehme Wärme und Feuchtigkeit entgegen. Karin Kamolake, glücklicherweise so lebendig wie bei seinem ersten Besuch, brachte ihn ins Büro ihres Mannes.

Lutz warf sich sofort auf den Stuhl vor Herrn Kamolake und stammelte: „Also, Herr Kamolake, bitte seien Sie mir nicht böse, aber ich habe es mir anders überlegt. Ich glaube, ich bin kein geeigneter Mitarbeiter für Sie."

Herr Kamolake lehnte sich zurück und biss von einem Pastetenbrot. Lutz erwartete einen bitteren Vorwurf, denn womöglich hatte er den anderen Bewerbern bereits abgesagt. Doch er zeigte Erleichterung: „Sie werden es mir nicht glauben, Herr Schneider, aber ich respektiere Ihre Entscheidung. Und noch etwas: Ich fühle mich selbst sehr unwohl mit dieser Ungezieferversicherung." Er fuhr mit der Hand über seine schwarze Brille. „Überraschend, erst heute Morgen, konnte ich bei der InterUnion durchsetzen, dass wir dieses Produkt nicht vermarkten müssen. Ihre Anstellung ist damit überflüssig geworden. Ich ziehe meine Stellenausschreibung zurück."

Frau Kamolake stand im Türrahmen. Sie hatte zugehört und bemerkte: „Wissen Sie, Herr Schneider, mein Mann und ich sind sehr tierlieb. Wir konnten diese Versicherung nicht mit unserem Gewissen in Einklang bringen."

Lutz fand diese Erklärung zwar sehr merkwürdig, aber er wollte sie nicht hinterfragen. Das Ehepaar Kamolake verabschiedete sich von ihm mit allergrößter Freundlichkeit. Lutz verließ das Büro, glücklich, vor seinem Vermittler beim Jobcenter nicht als Drückeberger dazustehen.

Nachdem er sein Auto ausgeparkt hatte, fuhr Lutz noch eine Runde durch die gesamte Tiefgarage. Sie hatte nach wie vor zwei Etagen. Eine dritte gab es nicht. Das beruhigte Lutz.

Die Autorinnen und Autoren

Bettina Auer
wurde 1992 geboren und lebt in Wörth an der Donau. Sie hält sich meistens im Bereich der Fantasy auf und hat bereits zahlreiche Romane veröffentlicht.

Wolf Hamm
geb. 1946, war Gymnasiallehrer für Deutsch und Geschichte in Flensburg, Kopenhagen und Kiel. Ab 1992 leitete er das Studienseminar für Gymnasiallehrer in Rostock. Seit seiner Pensionierung 2011 lebt er in Mitterfels. Er hat zahlreiche Artikel zu Pädagogik, Geschichtsunterricht, zwei Romane und mehrere Erzählungen veröffentlicht. *www.wolfhamm1.de*

Karin Holz
lebt in Donaustauf bei Regensburg. Sie schreibt Kriminalromane, Lyrik, Erzählungen, Anthologien und ist eine Hörbuchstimme beim Lohrbär Verlag. Die Autorin ist außerdem Mitbegründerin des Regensburger Literaturbrettls und Mitglied beim Schriftstellerverband Ostbayern.

Ingrid Kellner
Grafikerin, Illustratorin und Autorin, Kinderbücher. Neue Wilde Malerin. Theaterstücke. Autorin für den BR, u.a. Betthupferl in Mundart. „Genau beinand", Kurzgeschichten in der Edition lichtung, Viechtach. Mitglied im VS Ostbayern.

Gabriele Kiesl
schreibt Bücher, Drehbücher und Theaterstücke. Neben ihrer freiberuflichen Tätigkeit ist sie Inhaberin der Kleinkunstbühne „Tintenfassl" in Cham.

Julia Kathrin Knoll
geboren 1980 in München, hat in Regensburg Germanistik, Italianistik und Pädagogik studiert, arbeitet im Historischen Museum und schreibt Jugendliteratur in den Bereichen Romance und Phantastik.

Carola Kupfer
schreibt historische Romane und Ratgeber und ist auch als Ghostwriter tätig. Sie realisiert Romanprojekte mit Schulklassen, engagiert sich für zahlreiche regionale Literaturfestivals und kümmert sich im VS Ostbayern um den deutsch-tschechichen Literaturaustausch. *www.carola-kupfer.com*

Oliver Machander
ist Schriftsteller, Schauspieler und vor allem Erzähler. Er konnte bereits bei über 1000 Vorstellungen in KITAs, Schulen, Festen usw. Kinder und Erwachsene mit Märchen und Theater erfreuen. Seit 2010 schreibt Oliver auch selbst Märchen und Geschichten für Kinder. „Wolfshochzeit" ist sein Erstlingswerk für ein erwachsenes Publikum.
Mehr Infos unter: *www.nanu-maerchen.de*

Marita A. Panzer
promovierte Historikerin und Germanistin, veröffentlichte zahlreiche Sach-Biografien, zuletzt „Wittelsbacherinnen", „Bayerns Töchter" und „Bloody Mary". Daneben macht sie Ausflüge in die Belletristik mit ihren Minikrimis und Kurzgeschichten. Marita A. Panzer lebt abwechselnd in Regensburg und Irland. Seit rund zehn Jahren ist sie Vorsitzende des VS Ostbayern. *www.marita-panzer.de*

Sabine Eva Rädisch
geboren 1973 in Deggendorf, lebt als Schreibtrainerin und Bauingenieurin in Regensburg. Sie veröffentlicht Lyrik und Prosa in Anthologien und Literaturzeitschriften; ihr erster Roman erscheint 2016 im SüdOst Verlag.

Siegfried Schüller
geb. 1957 in Nürnberg, lebt in Mühlhausen a. d. Sulz/Oberpfalz; zurzeit als Schülerbetreuer tätig; veröffentlicht Gedichte und Kurzgeschichten v. a. in Anthologien sowie auf seiner Homepage *www.worte-gegen-den-wind.de*.

Martin Stauder
wohnhaft in Regensburg, veröffentlicht seit 2012 Lyrik
und Prosa in Anthologien. 2014 erschien sein Erzählband „Aderriss“, 2015 die Gedichtsammlung „kaum schönfärberei“. Erschienen im
Spielberg-Verlag, Regensburg. *www.martinstauder.de*

Rolf Stemmle
ist gebürtiger Regensburger. Zunächst konzentrierte er sich auf das Theater, seit einigen Jahren schreibt er auch Prosa und Lyrik. Zudem beschäftigt er sich mit klassischer Musik. Er verfasst Einführungsliteratur zu Opern und komponiert Kammermusik. *www.rolf-stemmle.de*

Ebenfalls im Verlag erschienen ...

Der Freigänger von Stadelheim

1. Auflage 2016, Format 13,5 x 20,5 cm,
184 Seiten, Hardcover

ISBN 978-3-86646-753-8 Preis: 14,90 EUR

Ausgebrannt

1. Auflage 2015, Format 13,5 x 20,5 cm,
208 Seiten, Hardcover

ISBN 978-3-86646-721-7 Preis: 14,90 EUR

Regensburg im Fadenkreuz

1. Auflage 2016, Format 13,5 x 20,5 cm,
334 Seiten, Broschur

ISBN 978-3-86646-343-1 Preis: 14,90 EUR

Im Schatten des Doms zu Regensburg

1. Auflage 2015, Format 13,5 x 20,5 cm,
308 Seiten, Broschur

ISBN 978-3-86646-325-7 Preis: 14,90 EUR

battenberg
gietl verlag

Pfälzer Straße 11 • 93128 Regenstauf
Tel. 0 94 02 / 93 37-0 • Fax 0 94 02 / 93 37-24
www.gietl-verlag.de • E-Mail: info@gietl-verlag.de

Fordern Sie kostenlos unser Verlagsprogramm an!

Krimis und Mordgeschichten ...

Herbstfinsternis

1. Auflage 2016, Format 13,5 x 20,5 cm,
184 Seiten, Broschur

ISBN 978-3-86646-756-9 Preis: 13,90 EUR

Wahre Mordgeschichten – Kriminalfälle aus der Oberpfalz und Niederbayern

2. Auflage, Format 13,5 x 20,5 cm,
160 Seiten, Hardcover

ISBN 978-3-934863-82-8 Preis: 11,90 EUR

Der Uttenschwalb

1. Auflage 2016, Format 13,5 x 20,5 cm,
344 Seiten, Hardcover

ISBN 978-3-86646-758-3 Preis: 16,90 EUR

König der Wildschützen

1. Auflage 2016, Format 13,5 x 20,5 cm,
296 Seiten, Hardcover

ISBN 978-3-86646-743-9 Preis: 16,90 EUR

mit den Verlagen:

MZ BUCHVERLAG

SüdOst Verlag